MERIAN *live!*

巴厘岛
Bali

（德）Eva Gerberding ◎著

白健 ◎译

U0125066

龙 门 书 局

目　录

欢迎来到巴厘岛　　　　　　　　　4

MERIAN十大必看精华景点
绝佳景点，不容错过 ················· 12

MERIAN小贴士
给自由行游客的提示和建议 ············· 13

巴厘岛资讯　　　　　　　　　14

住宿 ······································· 16
餐饮 ······································· 18
购物 ······································· 22
节日庆典 ··································· 24
海滩运动 ··································· 28
全家出游小贴士——适合孩子的景点 ······· 32

◀ 盛放在芭蕉叶上并以鲜花装饰的海鲜大餐既美味又好看（▶P.19）。

玩转巴厘岛   34

巴厘岛南部……………………………………………36

巴厘岛中部……………………………………………64

舞蹈和戏剧——巴厘人重要的表达方式之一 ………72

巴厘岛东部……………………………………………76

巴厘岛北部……………………………………………84

巴厘岛西部……………………………………………92

徒步与郊游   96

前往南部的庙宇圣地——穿越内陆地区 ……………98

前往岛屿西部——欣赏如画的梯田和热闹的城镇……99

沿海岸线向东行——步行至阿贡火山山脚 …………100

从克隆孔到布撒基寺——探访巴厘岛最美的道路……101

从库塔到海神庙——深受欢迎的海滩徒步漫游………102

从罗威那到坦布林根湖——漫步欣赏让人沉醉的美景………103

努萨兰彭坎——乘船游览红树林岛 …………………104

巴厘岛指南   106

历史……………………………………………………108

印尼语常用词汇………………………………………110

餐饮词汇………………………………………………112

出行实用信息…………………………………………114

巴厘岛地图……………………………………………121

❋ 地图

巴厘岛 ……………… 封二   巴厘岛地图………………121

登巴萨 ……………… 封三

库塔/勒吉安/水明漾……39

乌布及周边……………67

文章中的坐标请参看地图，
如P.123，E3

巴厘岛一年中水稻可收获两至三季,因而被称为印度尼西亚的粮仓——当然这也需要耗费大量的人力。在这里稻米不仅是基本的食物,也是生活的标志。

很多巴厘人都相信他们的家乡是人间的乐园，因此，他们称这个印度洋中的岛屿为Pulau Dewata——"天堂之岛"。

新乐园

巴厘岛虽然面积仅为5600平方公里，却有着多姿多彩的风土人情。南部是碧绿的水稻梯田，西部是难以穿行的密林，两地同为热带气候；到了高原，山谷间云雾缭绕，湿润而清新。北部的海岸因灼热的熔岩把某些地区的生命烧成了灰烬而变成了一片黑色。资深旅行者更为偏爱这片黑色的海岸，因为相比有着数千公里的白色海滩、珊瑚暗礁和汹涌浪涛的南部，这里没有被过度开发，游客罕至。

这里的艺术文化异常丰富，南亚的其他地区几乎都无法与之相比。在普遍信奉伊斯兰教的印尼群岛中，巴厘岛是最后一块信奉印度教的区域。数以千计的庙宇就说明了信仰对巴厘人是多么的重要。在这里可以切身体会巴厘人的宗教信仰和仪式，静谧的冥想和喧嚣的节日排场都很常见——这似乎有点矛盾，但巴厘人却不以为意。第三世界地区的生活虽然不太富足，但是多样的节日却显示了这里人们的平和淡定以及对生命的感恩。

在巴厘岛可以体验到一种前所未有的生活。早在十六世纪末，荷兰海员们就发现并踏上了这座岛屿，传说由于船员们都不愿意离开这座岛回到船上，致使起航一再延期。不久这座"新乐园"的消息很快在欧洲流传开来。之后荷兰人以殖民者的身份再次来到这座岛上，揭开了巴厘岛历史中悲剧的一页。

20世纪，海岛住民又经历了另一种形式的"入侵"——巴厘岛由于其美丽的景色在画家中声名鹊起；30年代西方的绘画艺构造感很强的画作，在乌布（▶P.65）和萨努尔（▶P.50）还有专门的艺术中心，很受游客青睐。

术漂洋过海来到岛上，与东方艺术得到交融。德国画家瓦尔特•施皮斯（Walter Spies）在乌布（Ubud）建立起了"艺术家殖民地"。"我都快忘记外面世界是什么样子了"，他说，并鼓励同行者到巴厘岛来。美国作家韦基•鲍姆（Vicki Baum）也在此寻找灵感，并在1937年发表了小说《巴厘岛生死恋》（Liebe und Tod auf Bali）。

20世纪60年代巴厘岛成为了嬉皮士和环球旅行者们的小贴士，并且在全世界范围内流传。这座海岛大约有300万人口，每年却会迎来数以百万计的游客，其中南部海岸更是前来游泳、太阳浴的游客以及夜猫子的"麦加"。不过尽管外来游客蜂拥而至，巴厘人还是成功地保持了他们的社会和文化特性。

微笑之国

面积5600平方公里的巴厘岛是地球上最大的群岛国家——印度尼西亚共和国27省中的一个，同时也是18 000多个大小岛屿中最美的一个。印尼国土面积330多万平方公里，约为中国的1/3。

巴厘岛西部约1/3的部分都被茂密的原始森林所覆盖。这块狭长的区域难以穿行、人烟稀少，如今仍有老虎、鳄鱼和野牛出没。

岛屿南部的布基特（Bukit）（印巴语意即"小山"）半岛为热带稀树草原地，分布着宽广的

八丹拜（Padangbai）的海滩仅仅是巴厘岛上诸多风景如画的海滩之一。

草原和零星的树木。半岛的海岸非常陡峭，朝印度洋方向延伸。

岛上还有一条横贯东西的山脉，同时它也是世界上最活跃的火山带之一。其最高峰为东部海拔3000余米的阿贡火山（Gunung Agung），巴厘人崇敬地称之为"母亲山"并将之视为圣地。高原的特色地貌包括熔岩带、碎石带以及走势陡峭的峡谷，其间云雾缭绕，颇具神秘色彩。

这里不得不提的是20世纪岛中央巴杜尔（Batur）火山（海拔1717米）的大爆发：熔岩流把村庄灼烧成一片灰烬，数以百计的人因此而丧生。还有1963年2月的最近那次阿贡火山喷发，让当时正在准备重要庙会的人们都大为惊骇，岛屿东部几乎被完全摧毁，无家可归的居民也与岛的其他地方失去了联系。

工艺精湛的银饰是最受欢迎的巴厘岛纪念品之一（▶MERIAN小贴士，P.23）。

宽阔的熔岩带一直延伸至大海，在今天依旧是对灾难的见证。火山链的斜坡和海岸洼地的土壤较为肥沃，几百年前这里的居民就已开始在这些土地上耕种。

巴厘岛北部以及南部从安拉普拉（Amlapura）到塔巴南（Tabanan）地区的人口密度比某些欧洲国家还要高，大多数巴厘人都居住在这一地区。这里有迷人的水稻梯田和棕榈林、有梦幻般的村庄和不计其数的庙宇。这里的居民让整个国家都充满了欢声笑语。

在荷兰殖民统治和日军占领（1941–1945年）的黑暗岁月里，微笑也曾短暂的从巴厘人的脸上消失过。19世纪中叶这座岛屿被荷兰人吞并，直到20世纪初才摆脱它的殖民统治。

经过血雨腥风的印尼独立战争，长达350年的荷兰殖民主义终于在1945年走到了尽头。迄今在印尼仍然到处都能看到独立战争的痕迹，例如，登巴萨（Denpasar）的努拉雷（Ngurah Rai）机场便是以独立战争时的英雄人物而命名的。

和平之岛

素有"米仓"之称的巴厘岛每年可收获两季，是印尼经济结构的一大重要支柱，而且在旅游业这个全世界范围内的年轻"产业"领域，这座小岛还是印尼最重要的创汇点。在1998年印尼陷入严重的经济和政治危机、苏哈托（Suharto）下台之前，巴厘岛一直没有受到外界过多的影响。这是因为在苏哈托的领导下整个国家的经济在数十年中取得了蓬勃的发展，使得民众空前的团结。在这之后几个领导人都努力让这个东南亚大国（2300万人口）回到正轨，可惜他们都没能力挽狂澜。直到2004年10月，倾向于向西方国家学习的苏西洛•班邦•尤多约诺（Susilo Bambang Yudhoyono）在第一次总统直选中获胜。

国外影响，经济一体化——这对巴厘人和他们的文化造成了怎样的影响？旅游业又会朝着怎样的方向发展？2002年10月12日的"巴厘岛爆炸案"使这个岛屿受到沉重的打击：受基地组织支持的穆斯林极端分子在库塔（Kuta）两家迪斯科舞厅前引爆炸药，让库塔再也无法恢复到以前的景象，放置炸弹的地方也没有重新建造房屋。好在经过约一年的沉寂后，游客们又重返了巴厘岛。当地旅游局为巴厘岛塑造了一个新的名字："和平之岛"。

艺术与文化——鲜活的信仰

巴厘岛在其历史中从未像过去40年一样如此深入地融入到印尼这个国家中。这里的人民通过深厚的精神信仰来保持独立和团结，而这种信仰也贯穿于他们丰富多彩的艺术文化之中。巴厘人的文化具有生动的气韵，音乐、表演艺术和绘画艺术都相互融汇贯通。

15世纪伊斯兰教流传到爪哇岛时，巴厘岛成为了印度教、佛教上层及其文化载体的庇护所。绘画、银饰艺术、木雕、雕刻、音乐和舞蹈都经历了意想不到的复苏。岛上的艺术和手工艺传统都与传承下来的印度文化密不可分，并在数百年来形成了自身的本源性，虽然也受到外界的影响和启发，但却没有被其改变。

艺术和文化是巴厘人日常生活的一部分，并且其重要程度达到了令外来游客匪夷所思的地步。从出生直到死亡，巴厘人日常生活中的每一件小事都与宗教仪式和节日有着密切的联系，而他们的艺术文化和手工业也是如此，都是因为源自渗透于万物的虔诚信仰才让他们的作品如此独特，如此有力量。宗教信仰是岛上日常生活的准则，也是巴厘人人格的一部分。

恶魔，巫师，恶灵

巴厘人沿袭着他们的宗教传统，与他们的神和恶魔一起生活。岛上两万多座宗教建筑就是很好的例证，这些有宗教意义的场所每天都会多次陈设供品：稻

巴厘人日常生活的特色便是宗教仪式，即便是小女孩都会自行加入其中。

谷、放置在编织精美的棕榈叶托盘中的水果，还有线香。公共交通工具的仪表盘上也总是会摆放必需的供品以驱赶恶魔。

关于庙宇有许多世代相传的故事。庙宇是祭典和仪式的目的地和中心。按照巴厘历法一年为210天，而在这一年中就有200多个宗教节日。舞蹈和佳美兰（Gamelan）音乐同样也属于"仪式"。若不仔细了解巴厘岛的印度教教义就无法深入理解这里的手工艺作品和其他艺术。

游览巴厘岛时千万不要错过多姿多彩的舞蹈和音乐。佳美兰乐团用锣、钹、木琴和笛子弹奏出婉转起伏、超凡脱俗的音乐，尽管刚开始听时会有点不习惯。他们自如地摆动手指、手、胳膊、腿和脚翩翩起舞；柔美少女表演的黎弓舞（Legong）、围成一圈的强壮男子表演的韵律十足的凯卡克舞（Kecak）、偶尔很滑稽的巴龙舞（Barong），通过活板门切换的布景，还有表演时演员们恍惚迷离的神情——总能给人带来别样的感觉。

这里的人们通过供奉供品祈求祖先和神的庇护。他们相信任何事物、任何现象都有两面性，一面是善，一面是恶。这一东方生活哲学在这里被具体化为了各种恶魔、巫师和恶灵，而他们的统领就是巫师让特（Rangda）。巴厘人格外信服这种善与恶的平衡，其中巫术虽然没有被公认，实际上却是无处不在的。

信仰与新时代

巴厘岛上的每座房子都带有小型的家族神庙，是用来祭拜祖先的场所，通常位于田庄的最里侧，陈设着富有艺术感的石雕和木雕、彩色小旗、线香、圣水以及供品。善与恶之间的平衡是岛上社会生活的基础，其中当地的风俗戒律（Adat）是最重要的标准——它传达了神的旨意，生活的各个方面都受其约束。Adat的最高原则是：这块土地是神的所有物，村民们共同管理土地和在上面耕作。

尽管信仰已深入骨髓成为巴厘人的精神烙印，但是他们绝非偏激的宗教信徒，而总是能够保持温和、宽容和友善。他们会尽量避免冲突，对他们而言高声的争吵是粗鲁无礼的行为，他们很少打小孩，他们追求平衡，以善意的好奇心接待外来的游客。

但是"摩登时代"还是在巴厘岛和它的人民身上留下了印记，第三世界国家的各种标志在这里同样随处可见：轻便摩托、穿在纱笼（Sarong）外的鲜艳T恤、太阳镜、口香糖以及可口可乐。在游人密集的地区，鲜活的巴厘岛传统文化有时候也成为了商业化的民俗展品。

尽管如此，这里的村庄中还是保留了那种不卑不亢的和善。只需在主流的旅行线路上稍稍绕道，便可一窥这些小村落中的东方生活风貌。

但是游客对巴厘岛（首府为登巴萨）的最初印象并不源于这些村落，而是来自于他们最常光顾的旅游中心——海岛的南部，旅游天堂库塔、萨努尔（Sanur）和努沙都瓦（Nusa Dua）都坐落于此。

巴厘岛的每个地区都会吸引不同类型的游客：库塔适合以各种度假活动为目的的年轻游人；萨努尔更适合年纪稍长的游客；而对一同旅行的家庭来说，舒适、有着开阔草地的努沙都瓦是不错的选择。

引人入胜的自然风光

从登巴萨沿北和东北方向向中部行进的途中能欣赏到引人入胜的自然美景，途中会穿过多个巴厘岛的艺术创作中心：塞鲁克（Celuk）、巴土布兰（Batubulan）、马斯（Mas）和乌布（Ubud）。这些人口密集地带的特色是红砖建造的庙宇大门和宁静安逸的农庄。

东部卡朗阿森（Karangasem）县有阿贡火山和以前Gelgel王朝的首府克隆孔（Klungkung）。克隆孔以东的黑色海岸出产盐，同时那里也分布着小的浴场和海湾，其旅游中心为甘地达萨（Candi Dasa）。

游客到达北部海岸时必然会路过海岛中部的火山带，此时有两种路线可供选择：穿过巴杜尔湖（Batur）畔高耸的京打马尼（Kintamani）山脉，此山脉为贫瘠的火山地貌；或者沿着迷人的布拉坦湖（Bratan）前行。再往北是巴厘岛曾经的首府新加拉惹（Singaraja）。在6公里外便是罗威那（Lovina）这个最北部的浴场，这里最早由追求安静的旅客所发现，同样是风景怡人。

塞鲁克的银饰、巴土布兰的石雕、马斯的木雕、乌布的绘画，以及种植稻田的农民、驱赶着呱呱叫的鸭群的孩童、顶着高高堆起的供品前往庙宇的妇女，这一切都是对"天堂之岛"这个称号的生动佐证。

对于寻觅海滩和泳池的人而言，巴厘岛是不二之选。

MERIAN十大必看精华景点

绝佳景点，不容错过。

1 庙会（Odalan节）

庆祝庙宇"诞辰"的Odalan节是岛上众多庙会中最精彩的一个。（▶P.26）

2 库塔、登巴萨和新加拉惹的市场

白天和晚上的市场都有着独特的氛围，别具风情。（▶P.42，59，85）

3 巴土布兰和巴龙舞

祭典仪式上的表演是一睹巴厘舞蹈的绝佳契机。（▶P.54）

4 登巴萨的巴厘博物馆

登巴萨的民俗和自然艺术博物馆是必游之地。（▶P.58）

5 乌鲁瓦图悬崖庙

庙宇坐落在伸向大海的100米高的悬崖上。（▶P.62）

6 乌布的内卡绘画博物馆

一瞥过去一百年间巴厘岛绘画的精髓。（▶P.69）

7 卡威山王陵

陵园内矗立着五座墓碑，为了纪念阿纳克·翁苏（Anak Wungsu）国王与他的家人。（▶P.74）

8 坦加南

这座小村庄似乎丝毫未受现代文明的沾染。（▶P.80）

9 克隆孔

Gelgel王朝遗存的建筑至今仍让人流连忘返。（▶P.81）

10 布撒基寺——巴厘人的母亲庙

已存在近千年的神庙，坐落于阿贡火山的脚下。（▶P.81）

MERIAN小贴士

给自由行游客的提示和建议。

1 Babi Guling——烤乳猪

过去仅为重要的仪式烹制的特色菜。（▶P.20）

2 塞鲁克的银饰艺术

塞鲁克的工匠们以传统工艺打造流行饰品并对外出售。（▶P.23）

3 库塔海滩的日落

伴着海浪的呼啸声欣赏瑰丽如画的海上日落。（▶P.30）

4 水明漾的La Lucciola餐厅

在海边的凉亭中享用滋味绝佳的鱼类菜肴。（▶P.42）

5 定做服装和眼镜

在勒吉安和库塔可量身定做衣服，而且眼镜也很便宜。（▶P.45）

6 萨努尔的勒迈耶博物馆

在画家勒迈耶（Le Mayeur）的海滩小屋中一窥他不同寻常的人生。（▶P.50）

7 金巴兰四季酒店的疗养中心

在奢华的度假村中享受芳疗按摩。（▶P.58）

8 Sua Bali——体验巴厘岛

逃离喧嚣的中心旅游区来这里放松身心，体验安逸的巴厘岛生活。（▶P.68）

9 花园岛/司法亭

坐落在克隆孔的花园岛（Taman Gili）中的司法亭（Kerta Gosa），其天花板上皮影戏风格的绘画值得一看。（▶P.82）

10 至高天之庙

这座小乘佛教庙宇视野极佳，能眺望到壮丽的海景。（▶P.88）

巴厘岛资讯

在Odalan节上（▶ P.26），妇女们将鲜花和水果组成的供品送往庙宇，由祭司予以净化——这只是整年中多姿多彩的喧嚣节日中的一个。

让你的假期更圆满：各种住宿就餐小贴士和推荐景点、最佳的购物场所和最绚丽的节日。

住宿

　　从难以想象的奢华住所到朴实的竹屋：其他任何目的地都无法提供像巴厘岛一样丰富多彩的选择。

努沙都瓦的圣瑞吉斯度假酒店（▶ P.60）可给予你安逸、奢华的感受，并提供梦幻的泳池。

从朴实的民宿到奢华的别墅

近些年巴厘岛上又新添了很多住处，以后还会越来越多。但是在旅游旺季（七月/八月/圣诞节）若不提前预定还是会很难找到合适的住所，因此最好事先预定！

在巴厘岛，各种价位的住所都能找到。若能放弃空调和游泳池，就能以很低的价格在简朴的民宿Losmen得到一个简单的房间以及早餐。这些住所很多都提供带浴室和厕所的房间，不过也有一部分采用的是公用卫生设施，每天早上会在露台上供应早餐。在这种简朴的Losman中洗浴是传统的印度浴——浴盆中盛着冷水，你需要使用浴勺将水浇到身上来清洗身体。Losmen通常为家庭经营，因此能给人以家的感觉，并可借此一睹巴厘人的日常生活（每晚5美元起）。

努沙都瓦、萨努尔和库塔较大的宾馆大多被跟团游客所占领。它们的档次和服务都不错，价格相比同类的欧洲宾馆也要略低一些（90~180美元）。这些以本地风格建造的屋舍通常坐落在热带花园中，并配有泳池，每个房间都有阳台甚至于露台。若想入住于此，建议参加旅行团。

有些宾馆除了普通客房外还能向游客提供平房和私人别墅，这些住所适合多人的旅团或比较大的家庭住宿。根据配置每晚至少需要花费200美元，至于某些奢侈宾馆提供的带单独泳池和佣人服务的私人别墅，每晚的费用可能要达到800~1600美元。

巴厘岛上所有的宾馆都配备的是标准间，单人间几乎订不到，不过孤身的游客可以以较低的价格入住标准间。

住宿费用通常以美元制定，但是也可用印尼卢比支付。

每个房间通常还需缴纳11%的附加税和10%的服务费。某些旅馆由网络服务供应商代理，提前网络预订可享受最高至50%的折扣。以下网站都提供宾馆预订服务：

www.balidiscovery.com
非常好的综合性网站，同时也能以较低的价格预订宾馆。

www.bali-thepages.com
很好的综合性的站点，可预订宾馆。

www.balibagus.com
巴厘岛的相关信息，也提供旅馆预订。

www.indo.com
淡季特价宾馆。

www.balistylevillas.ch
是一个瑞士网站，提供高级私人别墅。

www.balihotels.com
www.balihotelfinder.com
各种价位的旅馆及特别活动。

www.asianrooms.com
很好的宾馆一览站点（配有照片）；常有特别活动。

值得推荐的宾馆和其他寄宿点见"玩转巴厘岛"章节中相应地区的内容。

餐饮

稻米和各种香料是印尼菜最重要的材料。

在巴厘岛上可以享用到各种美味，例如巴厘米宴（Reistafel）。只从视觉上来说都是一种享受。

香料王国

数百年来外界对巴厘岛的影响同样波及了当地的菜肴烹饪。传统的印尼菜一定会包含米这种基本材料，并且越白的米被认为越精细。在巴厘岛稻米一年可收获多季，稻田由纵横的河流和水渠浇灌，田地呈阶梯状延伸至天际。稻米是生活的标志，稻谷女神Dewi Sri也是岛上最受尊敬的神祇——人们通过供品、仪式和设立在田边的神龛来安抚她。此外在这里水稻仅由男性种植，鸭子什么的倒是由男性和女性一起饲养。

印尼菜的特别之处在于使用的香料：红番椒、生姜、胡椒、芫荽、小豆蔻、丁香、肉豆蔻、肉桂等，这些香料是岛上菜肴的精髓。巴厘岛有时也因此被称为"香料王国"。这里有很多辛辣的菜肴，以及融合了辣与甜的菜式。每道菜都会配有一种名为Sambal的辣味调味汁——加入椰子汁，汤和酱汁会变得浓稠。在简单的菜肴中米通常会配有蔬菜以及少量的鱼，很少会有其他肉类。典型的配料包括豆芽、生姜、红番椒、花生和椰子。除了印尼菜之外，微辣的中国菜也很常见。各种各样的热带水果也很诱人：香蕉、凤梨、番木瓜、椰子以及我们很少见到的山竹（红棕色的皮和雪白的果肉、苹果大小）、蛇皮果（Salak）、红毛丹（外皮多刺，类似于荔枝的水果）以及闻起来令人作呕味道却很好的榴莲。

巴厘岛人可以说是装饰艺术的专家，这从他们的菜肴装饰就可见一二：通常菜肴都盛放在棕榈叶或芭蕉叶上，并伴以鲜花点缀。味觉得到满足的同时也给视觉带来了美的享受。

印尼人的就餐时间划分得比较细。他们习惯单独用餐，而不会一家人围在桌前一起享用，他们单纯只是为了填饱肚子。印尼人喜欢吃西餐，但是由于受当地华人的影响，偏爱吃中餐，主食为大米，并配以鱼，虾，牛肉等，不爱吃海参也不爱吃带骨，带汁的菜肴及鱼肚等。印尼人在正式场合下一般使用勺子和叉子进食，习惯用右手抓食，但绝不会用左手，因为这被认为不干净。食物上桌通常是凉的或是微热的，即使是在饭店中客人也很难吃到热的食物。他们进餐时有一边吃一边喝水和饮料的习惯，但是不会喝烈酒。

MERIAN小贴士

Babi Guling——烤乳猪

节日期间很多地方都会卖Babi Guling——在篝火上烤制的小乳猪。这是巴厘岛的一道名菜，整只乳猪填满香料，架在火上烤到皮脆肉嫩，全身泛金黄油亮，香气四溢，配上米饭吃非常美味可口，再来一杯巴里小酒更是回味无穷。过去这道菜仅在重要的仪式上烹饪作为供品，现在已经成为了巴厘人的节日食物。这道菜因为加入了红番椒、生姜和大蒜而别具风味。有些饭店一整晚仅供应Babi Guling；需要预约。

在巴厘岛上，餐厅没有特定的营业时间，厨师整个白天都忙着做可口的菜式，随时可为饥肠辘辘的客人提供食物。

中国菜肴在巴厘岛上非常受欢迎，菜品鲜香，味道浓郁，特别是鱼类菜肴最为物美价廉，花最少的钱在异国品尝到正宗的中国口味，一解你的相思之苦。你可以在开放式厨房的入口处选择想要的鱼，并可自己决定如何烹饪。

Kaki Lima：直译过来就是五条腿：商贩的两条腿，外加他的人力车的三根支撑柱。这种"流动商贩"推着他们的车到处游荡，出售在木炭上烤的沙爹（Sate）、汤或者面食，有时还会买烤香蕉，不过每次仅提供一种菜式。

Restoran：最高级的就餐点，除了印尼和巴里岛菜式外还提供欧洲菜肴。

Rumah Makan：简易的小饭店，通常提供的食物种类有限。

Warung：在每个村庄或街道拐角都能找到这种简陋的摊点，有时候只有一条长凳，有时候可能是一张或几张桌子以及木质长椅。这些摊点提供简

喜好浪漫的人一定不要错过，日落下的巴厘岛海滩晚餐，这是再好不过的浪漫体验了。

单、美味且非常便宜的食物，非常具有地方特色。库塔或登巴萨（Denpasar）的夜市上这样的小吃摊一家挨着一家，随便找一家坐下保准能吃到地道的小吃。

印尼人在就餐时习惯喝茶——茶味淡甜味很浓。如果不提前要求不加糖，咖啡也总是甜的。巴厘岛上的最佳饮料是新鲜水果榨成的果汁，很多饭店都有售。你也可以尝试一下岛上的特色饮品：Lassie，一种酸奶水果饮料；Brem，一种甜米酒；Arak，一种酒精含量很高的米制烈酒，与咖啡或果汁混合后味道非常好；Tuak，一种酒精含量低于啤酒的棕榈酒。岛上到处都能买到啤酒，多数为荷兰啤酒：Bintang和Anker，此外还有菲律宾的San Miguel和爪哇的Bali Hai等。某些饭店还提供澳大利亚产的红酒。在巴厘岛上绝不要饮用自来水，对冰块也要多加小心。

www.balieats.com这个网站提供一些饭店的预定，www.bali-net.de这个德国站点也提供巴厘岛饭店的信息。

值得推荐的饭店和餐厅请见"玩转巴厘岛"章节中相应地区的内容。

购物

银饰、蜡染布、陶器——巴厘岛的手工艺品多种多样。

巴厘岛上五花八门的手工艺品都有着悠久的传统。乌布的市场上出售花朵制成的富有艺术感的花束。

从时尚设计到古玩

库塔、萨努尔以及乌布这些南部的旅游中心就像是独特而又巨大的超级市场。对于那些有耐心以及有区分良莠真伪能力的人而言，巴厘岛蕴藏着大量宝藏，许多工艺精湛的手工艺品都在等待你去发掘。特别在那些远离旅游中心的小地方，你的寻觅肯定会有收获。

除了那些明确标示了"fixed price"（不议价）的商店，对其他商店都应当从容地讨价还价。在巴厘岛人人都是讨价还价的高手；商人们开价时会考虑这一点，游客们同样也是，只要你有诚意和鉴别力，并在讨价过程中保持友善，交易就很容易达成。

巴厘岛的商店没有固定的营业时间，店家都是随心情开店。一般来说主要的营业时间都是在日落后，也就是18点至21点间，这个时间段所有商店总是开着门的。每逢节日商店都不营业。

服饰

岛屿南部的浴场是购买各种物美价廉服饰的天堂。一些设计师会以略高的价格提供独特的衣服样式。

巴厘岛上到处都能买到蜡染布以及手织布。坦加南（Tenganan）村庄的Bali-Aga部族的女性还掌握一种名为Ikat的传统纺织工艺：这是一种很复杂的织染工艺，通过将织线束在一起并对其进行选择性的染色来呈现纹理。

手工艺品

巴厘岛的木雕中心是乌布与登巴萨之间的马斯村。技艺高超的工匠们能够通过木头雕出动物、香蕉树、面具以及水果。乌布不远处就是巴厘岛的绘画中心，很多艺术家都聚集于此。石雕主要出自塞鲁克毗邻的巴土布兰，其材料为非常柔软的砂岩，易碎易风化，需要石匠有杰出的技艺。

最好的古玩商店位于克隆孔，主要出售中国瓷器，有时也出售旧的饰品。库塔、登巴萨和萨努尔也有古玩店，但是价格要贵很多，买到赝品的风险也非常大。

值得推荐的商店和市场请见"玩转巴厘岛"章节中相应地区的内容。

节日庆典

巴厘岛上整年都充满了多姿多彩的庙会和舞蹈表演。

萨努尔附近的风筝节特色不单单是飞翔的风筝，还有空气中弥漫的喧嚣氛围。

巴厘岛上每一天都有某个角落在庆祝节日。每座庙宇每年都会在自己的诞辰之日进行庆祝，而岛上的庙宇足有几千座之多！所有节日都有着共同的目的：取悦神灵和安抚恶魔。

三月

静居日

Nyepi

巴厘岛的新年，时间按照当地的沙卡历（Saka）或农历推算，通常是在公历三月。静居日总是始于一个新月之夜，人们会供奉奢华的供品来让恶魔远离自己的藏身之处。天黑后所有巴厘人都会来到街道上，大声叫喊、敲锣打鼓（现在还有放新年爆竹的）来驱赶恶灵。第二天是斋戒日，所有人都不可外出（对游客也是一样！只能在宾馆范围活动）或驾车，并且不允许点火和开灯。过了这一天岛屿和岛上的居民都从"恶"中被拯救了出来，新的一年开始，人们会走亲串户或出游。

六月/七月

巴厘岛艺术节

登巴萨的艺术中心每年都会举办为期数周的艺术节，在此期间会对所有巴厘岛传统艺术进行展示（详细信息请见：www.baliart-festival.com）。节目可通过《雅加达邮报》获悉（详细信息请见：www.thejakartapost.com）。

所有其他的节日通常都以巴厘岛210天历法为准，日期不固定。节日日程的信息可参考巴厘岛旅游局提供的"节庆日期表"（详细信息请见：www.bali-events.com）。

风筝节

每年七月的第一个周末会在萨努尔附近的Padang Galak举行盛大的风筝竞赛。

加隆安节

Galungan

为期十天的庙会，最后一天称为库宁甘日（Kuningan）。加隆安节总是在周三，相应的库宁甘日就是在周六。加隆安节以210天为周期，因此一年中可能会出现两次。这个节日的源头可追溯到千年以前：暴君玛雅•达纳瓦（Maya Danawa）禁止信仰宗教和信奉先祖，因此人民通过反抗推翻了他。巴厘人相信在加隆安节这一天神和先祖的灵魂会降临到庙宇中，因此他们会供奉奢华的供品。信徒们在家族神庙和庙宇中祈祷，将供品带到稻田，通过舞蹈、佳美兰音乐和游行队列与神和先祖进行交流。人们戴着面具扮成邪恶的克星——巨兽巴龙在街道上奔跑。在净化仪式时他们还会起舞，到处都洋溢着节日的气氛。

Hari Manis Kuningan

库宁甘日之后的第二天，大批的信徒会组成队伍到海龟岛（Serangan）上的Sakenan庙朝圣。若你当时正好身在巴厘岛则千万不要错过这个节日。

Odalan节

各庙宇每年一度庆祝其"诞辰"（即庙宇落成）的节日，此节日也以210天为周期 ⚹。这是各个村落的重大事件，为期三天。第一天妇女们会将供品送往庙宇由祭司予以净化，供品的一部分会留在庙里，剩下的则带回家分给每个家庭成员。节日的目的是招待神灵、净化村庄和驱赶恶灵。

每座庙宇的Odalan节的日期请通过巴厘岛日历表推算或参见"节庆日期表"。

与神共栖

巴厘人流传这样一种说法："神拥有土地，它把土地给予人类是为了让他们耕种"。巴厘人遵循印度教教义生活，因此会常常与神交流。他们认为神居住在山上，魔鬼住在水下，而庙宇是人和神相聚的场所。因此巴厘岛上的每一座屋舍都带有家族神庙，每一个村庄都至少有三座庙宇。还有人将巴厘岛称为"万庙之岛"，虽然这略微有些夸大。巴厘人的主要庙宇是坐落于阿贡火山上的布撒基寺（Pura Besakih），它受到巴厘岛最崇高的神——桑杨威迪（Sanghyang Widi）的庇佑。同时桑杨威迪又表现为三个化身：创造之神梵天（Brahma）、保护之神毗湿奴（Vishnu）和毁灭之神湿婆（Shiva）。此外还有很多下级神。巴厘人的一天从供奉供品开始：将供品摆在门前或送至家族神庙，这样便可赶走"恶"并引来"善"。

众多的神灵注定需要众多的居所。有些庙宇需要通过小桥踏入，表示进入了另一个世界。穿过一分为二的大门candi bentar拾级而上，映入眼帘的是各种木制凉亭和有着多层棕榈树芯屋顶的宝塔形建筑。在外侧的庙宇庭院中还设有开阔的大厅bale，这是举行仪式或舞蹈时人们聚集的场所。此外还设有钟楼，其中安放了kulkul——一段挖空了的树干，可通过有节奏地击打来传递消息。再穿过一道两侧置有石质看守恶魔的大门便可进入庙宇的内部，通道后会有一堵墙用以迷惑恶魔。

巴厘女性自幼就开始学习舞蹈，精彩的演出绝非一蹴而就。

内部庭院dalam是祭司进行宗教仪式的场所。内设有一座装饰过的神龛，其中收藏着旧的手迹、匕首或者贵重的宝石。此外还会有一棵高大的菩提树以及一座通常为十一层的宝塔meru作为神灵栖居之处。

火葬仪式

这个仪式会为巴厘人的一生画上句号。悲伤和泪水常常让告别变得艰难，因此岛上的人们选择以庆祝的方式对待葬礼。火葬当天全村的村民都会排成队列送别遗体，一直将其送到火葬塔。火葬塔建造在村外，会根据死者的富有程度和身份地位进行华丽的装饰。

护送遗体的送葬队伍会不断地改变方向行进，这是为了迷惑死者的灵魂，使其无法再找到返回生前居所的路，这是因为巴厘人相信灵魂只有脱离了躯体才能得以解放。当灵魂返回天堂后，他们就能够以一种更高的存在形态重生。在火葬塔遗体将转移到棺材中。如果死者是高级祭司，棺材则是公牛形状的木棺，而对于平民则是一种半人半兽的怪物形状的棺材。棺材中还会放置供品和人形的雕像（Adegan）。在祈祷和进行完仪式后火葬塔被点燃，骨灰会被收集起来投入最近的河流或大海。

整个仪式都伴有音乐和舞蹈，在葬礼的前一夜还会有皮影戏表演。有的旅游行程会组织游客参加这些仪式。

庙会上穿着华丽的巴厘人承担着神圣的职责。

舞蹈表演（选择）

巴龙舞
- 🏠 巴土布兰；🕐 每天9:00～10:30；
- 🏠 乌布、乌布皇宫；🕐 每周五19:00～20:30

Gabor舞
🏠 乌布、Ubud kelod；🕐 每周四19:30～20:30

凯卡克舞
- 🏠 登巴萨艺术中心；🕐 每天18:30～19:30；
- 🏠 乌布、Padang Tegal；🕐 周二、周三、周六、周日19:30～21:00

黎弓舞
🏠 乌布、Pelihatan皇宫；🕐 每周五19:30～20:30

面具舞
🏠 乌布、Pengosekan；🕐 每周五19:30～20:30

皮影戏
🏠 萨努尔、马斯宾馆；🕐 周二、周四、周日18:00～21:00

饭店和一些大的旅馆也会有演出。

海滩运动

　　东南亚最美的高尔夫球场坐落于巴厘岛，这里还可冲浪、骑马、打排球。

爱咏河（Ayung）上的急速漂流非常惊险刺激——虽然被弄得浑身湿漉漉，但还是让人内心舒畅。

巴厘人最钟爱的体育项目是斗鸡，在印度教流传到岛上之前就已存在，原本是一种仪式：通过献祭鲜血来安抚恶灵。不过由于巴厘人沉溺于高赌金的赌博，斗鸡也渐渐失去了它的宗教意义。1981年起印尼禁止赌博，只在特定的庙会上才允许斗鸡。这又是一个风俗传统被法律规定所禁止的例子。

岛上有丰富的设施供游客进行运动，特别是水上和水下运动：潜水、冲浪、滑水、帆船。还有骑马、网球、高尔夫和蹦极等与"水"无关的运动项目。打高尔夫的游客会很难选择：是去位于群山之中的布拉坦湖畔的大型高尔夫球场呢，还是去努萨都瓦的海边那一家？此外多数大宾馆都有自己的健身房。

蹦极

可通过一根橡胶绳从44米的高度跳下并一览大海的景色。（🏠 勒吉安，Double Six路；☎ 03 61-73 06 66）

高尔夫

巴厘岛上有三个非常好的18洞高尔夫球场：北部布拉坦湖附近的巴厘岛广济堂高尔夫乡村俱乐部（Bali Handara Kosaido Country Club），设有饭店和宾馆；西南部海神庙（Tanah Lot）附近由高尔夫明星格雷格·诺曼（Norman Greg）设计的尼瓦纳高尔夫乡村俱乐部（Nirwana Bali Golf Club）；南部布基特半岛上的巴厘岛高尔夫乡村俱乐部（Bali Golf and Country Club），曾被一本美国杂志选为亚洲最美的五个高尔夫球场之一。所有高尔夫球场的相关信息请见：www.99bali.com/golf。

摩托艇

可在萨努尔以及南湾（Tanjung Benoa）的海滩上租用。

滑翔伞

条件适宜时，可在萨努尔以及南湾的海滩上进行这项运动。

漂流

乘坐橡皮艇在水流湍急的爱咏河中飞速而下。加上从旅馆来回的交通费，一次这样的行程约为每人65美元。不过在日落时可得到优惠。详细信息见：Bali Adventure Tours（🏠 登巴萨，Bypass Ngurah Rai路；☎ 03 61 -72 14 80；📠 72 14 81；🌐 www.baliadventuretours.com）；Bali Discovery Tours（🏠 萨努尔，Bypass Ngurah Rai 路，Sanur Raya 27号，Komplek Petrokoan；☎ 03 61- 28 62 83；📠 28 62 84；🌐 www.balidiscovery.com）；Sobek（🏠 萨努尔，Titra Ening路1号；☎ 03 61- 28 70 59；📠 28 94 48；🌐 www.sobekbali.com。）

骑马

努沙都瓦、乌玛拉斯和国家公园都设有马厩。但是总的来说在巴厘岛骑马花费太高，因此不推荐。

帆船

金巴兰（Jimbaran）海湾可进行帆船运动。洲际酒店（Intercontinental Hotel）和四季酒店（Four Seasons Resort）都提供Hobie Cats。贝诺阿港

MERIAN小贴士 ③

库塔海滩的日落　▶P.126, B10

日落时的库塔海滩最为热闹，蜿蜒的海滩从机场一直延伸至海神庙，在此可以欣赏到非常壮观的海上日落。18时左右海滩上爪哇人的商店都会开业，就像沉入大海的落日一样令人期待！

的巴厘岛游艇特许（Bali Yacht Charter）提供游艇到努萨兰彭坎的单日或两日旅程，费用为每人65~145美元。

☎ 03 61 - 72 05 91；🖷 72 05 92；🌐 www.balihaicriuses.com

冲浪

巴厘岛（特别是库塔海滩）是冲浪胜地（仅限四月至七月间），🌐 www.wannasurf.com。

不过布基特半岛的西侧海岸，例如乌鲁瓦图海滩，也是值得冲浪高手们挑战的地方。

海滩

在巴厘岛旅行时，除了文化名胜外，最吸引人的就是各种海滩和海湾了。游客们最常游览的是库塔海滩，海滩从机场这端经库塔、勒吉安、水明漾，一直延伸至北部。

布基特半岛
Bukit Badung　▶P.126, A11

布基特半岛西部的砂岩峭壁间是乌鲁瓦图与其他白色海滩，同库塔海滩一样这里也是游泳和冲浪的好去处（尤其是金巴兰海湾）。在努沙都瓦游泳时可能会被退潮时的珊瑚干扰。

甘地达萨　▶P.127, E9

巴厘岛上问题很多的一个海滩，涨潮时海浪会冲击海岸以至于无法游泳，退潮时珊瑚又很扫兴。不过甘地达萨的一些宾馆会有自己的小海湾供游客游泳洗浴。

库塔/勒吉安/水明漾　▶P.126, B10

很受欢迎的海滩，周末时总是人满为患。这里入海的水流非常湍急，水性好的人有时都难以应付。在库塔海滩和较大的宾馆中会用彩旗划出允许游泳的区域，并且设有救生员，以保障游泳者的安全。从水明漾到吉利马努克（Gilimanuk）方向，海湾会逐渐变得冷清。

罗威那　▶P.123, F2

岛屿北部罗威那周边的海滩都被熔岩烧成了黑色。这里的海流受珊瑚暗礁阻挡，水流平缓，很适合游泳，不介意的话可以在温暖的浅滩中嬉戏一番，就像在浴缸里一样。

萨努尔　▶P.126, B10

白色沙滩，涨潮时游泳很安全，退潮时因为有珊瑚的原因需要穿拖鞋下水。这里有被暗礁与Lombok街的地隆隔开所形成的泻湖，非常适合进行帆船和帆板运动。

Suluban　▶P.126, A11

布基特半岛上除了乌鲁瓦图以外最好的冲浪海滩。

潜水

在萨努尔、努沙都瓦、罗威那和甘地达萨可乘坐Jukung（一种带弦外桨架的舢板）抵达暗礁处，在那里能进行最多20米深的潜水。

此外还可乘船去努萨培尼达（Nusa Penida）和努萨兰彭坎这些适合潜水的地方。

在岛屿东北部海岸的图兰奔（Tulamben）的一处海湾有一艘沉没的美国商船，因此吸引了很多游客前来潜水。这处海湾布满了珊瑚、海绵以及各种水生植物（⑩ www.tauch-terminal.com；☎ 03 61 - 77 45 04）。在图兰奔东南方向还有风景秀丽且同为著名潜水点的艾湄湾。此处也有几处不错的住所。艾湄湾潜水中心（🏠 Pantai Timur路801号；☎ 03 63 - 2 34 62；⑩ www.ameddivecenter.com）。巴厘岛最美的潜水点还要属鹿岛（Pulau Menjangen）的西北部。在这里可下潜至40米深。这座小岛处于水资源保护区域，Matahari Beach Resort是岛上唯一运营的宾馆。

有些宾馆会提供潜水装备甚至于帆船：库塔的巴鲁纳水上运动（Baruna Water Sports，☎ 03 61 75 38 20；⑤ 75 38 09，在某些宾馆还设有分店，提供滑翔伞、帆船、帆板、潜水、滑水等方面的装备和服务），萨努尔的奥西安纳潜水中心（Oceana Dive Center，☎ 03 61-28 86 52/28 88 92，提供潜水装备、潜水课程、潜水行程等服务），此外位于南湾的Yos水上运动（Yos Watersports，🏠 Pratama路；☎ 03 61 -77 37 74），以及萨努尔的潜水者聚点（Diver's Point，🏠 萨努尔，Pasar路12号，☎ 03 61- 28 81 94）还为有经验的潜水爱好者提供多日的潜水行程。

网球

几乎所有较大的宾馆都有网球场，某些宾馆还向非住客出租球场。

滑水

在萨努尔和努沙都瓦都可以滑水，还可由小艇牵着进行水上降落伞运动。

冲浪高手的天堂：布基特半岛上西海岸的乌鲁瓦图海滩是世界上最好的冲浪点之一。

全家出游小贴士
——适合孩子的景点

喜欢孩子的巴厘人把岛屿营造成了孩子们的乐园。

太阳、沙滩、海水，或许还要加上一次乘船的行程——想要让带孩子的假期变得有滋有味，"作料"其实很简单！

温暖的气候、美丽的海滩，以及喜欢孩子的岛上住民——所有这些让巴厘岛成为带孩子度假的好地方。不过热带地区会有各种各样的昆虫，所以请不要忘记携带蚊帐。岛上的大宾馆会按国际标准对12岁及以上的儿童收取全额住宿费，2~11岁的儿童半价；但若是在Losman入住就可以省下孩子的费用了；在南部市场能买到尿不湿和婴儿食品。

巴厘儿童在刚刚能跑能跳的年纪便开始接受舞蹈、音乐和绘画教育，当然前提是他们自己对此感兴趣。这些课程通常也对外国的孩子开放，如有需要请咨询宾馆接待处。此外www.balifor-families.com和www.baliforkids.com这两个站点也会提供各种相关的活动建议。下面是一些对孩子比较有吸引力的景点，儿童票价格为全价的50%~70%。

猴林

Monkey Forest ▶P.126, A9

位于乌布猴林路南的尽头。猴群就在这里的豆蔻树上栖息。它们一点都不怕人，总是毫不客气地接受游客给的食物。

巴厘岛动物园

动物园在热带雨林公园中，饲养着苏门答腊虎、眼镜蛇、科莫多巨蜥、猩猩等50多种动物。

🏠 苏卡瓦地（Sukawati），Raya Singapadu路；🌐 www.bali-zoo.com；🕐 每天9:00~18:00

吉吉瀑布

GitGit ▶P.124, A7

瀑布位于从罗威那经新加拉惹到布拉坦湖的路上，需要从停车场沿水泥路步行半小时才能到达，沿路都是丁香树和咖啡树。瀑布前的石头可供孩

子们在上面爬来爬去，还有一条细长的小吊桥可以满足他们"冒险"的欲望。

Air Panas温泉 ▶P.123, F2

这处硫磺泉坐落于至高天之庙（Brahma Vihara Arama）旁的森林中，很适合孩子游泳。从罗威那出发向西行，经岔路口向班嘉（Banjar）方向走即可到达。

小巴厘

Mini Bali ▶P.126, B9

乌布纽库宁（Nyuh Kuning）村每天都会举行祭典仪式、佳美兰音乐以及巴厘舞蹈表演，表演细致入微，就算是小孩子也能理解。

🌐 balistarisland.com/Bali-Tour/Classicculture-Center.html

爬虫和鸟类公园 ▶P.126, B9

在库塔和乌布之间坐落着"森林爬虫公园（Rimba Reptil）"和"鸟类公园（Taman Burung）"。除了科莫多巨蜥、眼镜蛇、蟒蛇、蝮蛇、树眼镜蛇、鬣蜥这些动物外，公园里还有庙宇遗迹、瀑布、池塘和攀缘植物，以及各种奇特的鸟类。

🏠 辛嘎帕图（Singapadu），Serma Cok Ngurah Gambir路；🌐 www.bali-bird-park.com；🕐 每天9:00~18:00；💲 两个公园单独票价分别为80 000卢比，联票140 000卢比。

泡泡水上乐园

Waterbom Park ▶P.126, B10

位于图班-库塔（Tuban-Kuta）的这座水上乐园建有大型的滑水道、宽阔的泳池以及一条人工河——可乘坐橡皮艇在河中漂流。提供SPA服务。

🏠 Kartika Plaza路；☎ 03-61 75 56 76 8；🌐 www.waterbom.com；🕐 每天9:00~18:00；💲 240 000卢比，网上购票可享受折扣。

玩转巴厘岛

巴厘岛上最大并且最神圣的庙宇是布撒基寺（▶ P.81），在甘地达萨西北方向约30公里处。这片宏伟的建筑群包含几十座庙宇、200多座各式建筑。

数米高的海浪和迷人的海滩，南部喧嚣的夜生活和北部宁静惬意的海湾——你会在哪里享受假日呢？

巴厘岛南部

　　千米长的梦幻海滩，活力四射的海岛首府——巴厘岛南部吸引着各地游客前来观光。

萨努尔（▶ P.50）的细沙海滩上坐落着很多奢侈的住所，对前来休养的游客很具吸引力。

登巴萨是巴厘岛的首府，也是巴东（Badung）的中心；巴东位于岛屿的南部，很多知名的旅游点——库塔、萨努尔和布基特半岛——都聚集于此。南部是巴厘岛近二十年来变化最大，也是人气最旺的地区：从廉价的民宿到奢侈的宾馆，从纪念品商店到海滩夜总会，从泡泡水上公园到高级餐厅——除了"安静"，游客们可以找到他们所渴望的一切！

库塔/勒吉安/水明漾

市区图 ▶P.39　　▶P.126, B10

当一个原本鲜有人知的小地方被传遍全世界时会发生些什么？来到库塔和勒吉安你马上就明白了。这两个曾经的渔村现在已经成为了东南亚最喧闹的两座度假中心。

这里没有黑夜。对于很多夜猫子来说，他们的"白天"要到第二天吃完早饭才算结束。时髦的酒吧都不设打烊时间，海滩上一直都在狂欢——一个活动才刚刚落幕，另一个又开始了。活力四射的库塔对年轻人尤其具有吸引力：这里到处都是酒吧和夜总会，很容易结交到新朋友；饭店菜单上的各国食物比本地食物还要多，意大利菜、日本菜或有机食品等应有尽有。喜欢吃印尼菜的话建议去比较实惠的Pasar Malam（印尼语即"夜市"）。

这里的纺织品、皮具、银饰以及小纪念品的种类也比其他地方要丰富。此外还有多到泛滥的廉价"巴厘服饰"——各式各样五颜六色的T恤、连衣裙、裤子，不过对于质量，就不要抱太高期望了。从库塔朝水明漾方向走，店家们卖的东西也会越来越有趣：设计师开的小店里出售非常独特的服饰，此外还能买到盗版DVD和冲浪用品。不过在古玩店里一定要多加小心，谨防买到赝品。

要是在日光浴时没有百折不挠的流动商人们打扰（"要按摩吗？"，"T恤便宜卖了！"），和被成群结队的印尼人近距离围观（他们对外国女人的裸体很好奇，因为印尼官方禁止裸体游泳）而感到尴尬的话，你一定能充分享受库塔海滩的美丽风情。这条海滩从机场一直延伸到岛屿北部，并以其壮观的日落而闻名。冲浪者钟爱库塔的海浪，每年这里都会举办一次国际性的冲浪比赛。

库塔还仅仅是千米长滩的南部一隅；继续向北行，景色会愈加迷人，而且更适合休养。想避开库塔的喧闹找地方进行游泳和冲浪的话，建议去水明漾以北的海滩。

不过令人惊讶的是，在繁华的外表下，库塔还是保留了它的质朴：商店前的供品，还有典礼仪式，这些都没有被外乡人的喧嚣所沾染，古老的传统还是完好地留存了下来。

在游人如潮的库塔，体验当地风情的最佳机会还要属庙会和祭典仪式。只要游客对巴厘风俗感兴趣，并且尊重传统的传承，这些活动都欢迎他们参加。若想与当地人闲聊，可以在周日去海滩，从中午一直到日落他们都会在那里踢球、闲逛和游泳。

而当地的年轻男性夜猫子会在酒吧和夜总会中寻找艳遇——这些人被称为"库塔牛仔"，和意大利的Papagalli相似。他们好于"向女性"诉说动人的故事，期待能与她们一起展开"冒险"。

在夜总会和其他公共场所请看管好你的手提包、相机以及钱包，因为失窃在这里实在是家常便饭！

宾馆/其他住处
库塔：
Hotel Santika 🧍　　▶P.39，c4南

坐落于图班（Tuban）海滩的一家规模较大的宾馆，近期刚刚翻修过，有两个大泳池、一个儿童泳池以及美丽的花园。

🏠 Kartika Plaza路；☎ 03 61-75 12 67；🌐 www.santikabali.com；🛏 171间客房；€€€€

硬石酒店
Hard Rock Hotel　　▶P.39，b4

适合所有年轻人和不服老的

人。这家酒店是1998年（苏哈托下台那年）拉斯维加斯总店开的第一家分店；房间比较朴素，但都配有电视、网络接口、iPOD底座（iPOD-Dock）和CD机；此外还设有卡拉OK室，以及可录制自己CD的录音室。

🏠 Pantai Kuta路；☎ 03 61-76 18 69；🌐 www.hardrockhotels.net；🛏 418间客房；€€€

假日度假酒店 🧍　　▶P.39，c4南
Holiday Inn Baruna Bali

位于图班东部机场附近，最近刚经过翻修；酒店设计别具一格，旁边就是白色的沙滩；不过这里会有些嘈杂，因为泡泡水上公园和库塔中心区域就在附近。

🏠 Wana Segara路33号；☎ 03 61-75 30 35；🌐 www.holidayinn.com；🛏 195间客房；€€€

Ramayana Hotel　　▶P.39，c4

酒店不在海滩上，而是位于库塔中心地区；装修别具风情，并提供各种不同类型的房间；此外还设有SPA、两个泳池、五间餐厅和三个酒吧。

🏠 Bakung Sari路；☎ 03 61-75 18 64；🌐 www.ramayanahotel.com；🛏 88间客房；€€€

罂粟花别墅
Poppies Cottages　　▶P.39，c4

位于库塔中部的热带花园中，拥有20座布置精美的茅草小屋，设有泳池；步行至海滩只需8分钟。

🏠 Poppies Lane I；☎ 03 61-75 10 59；🌐 www.poppiesbali.com；🛏 24座茅草屋；€€

勒吉安：

Niksoma Hotel　▶P.39，b2

小型的精品酒店，接待热情、服务周到；SPA区环境非常好，饭店和酒吧设在泳池边并可看到沙滩；房间布置得很时尚，其中一些能直接看到大海。

🏠 Padma Utara 路；☎ 03 61-75 19 46；

🌐 www.baliniksoma.com；🛏 57间客房；€€€€

Padma Hotel 🧖　▶P.39，b2

坐落于沙滩上，拥有很大的花园，设有泳池和泳池酒吧；房间宽敞，地面为镶木地板，家具传统而温馨；宾馆中有多个餐厅及SPA。

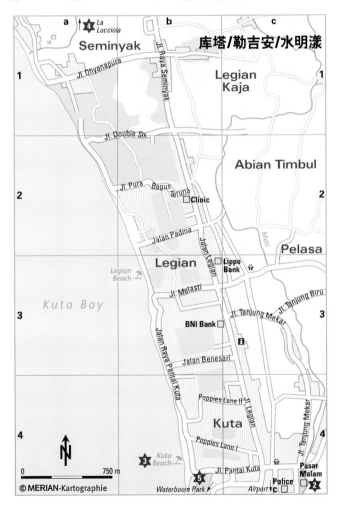

库塔是座不夜城，年轻人能在这里找到假期令人兴奋的一切要素。

🏠 Padma路1号；☎ 03 61-75 21 11；
🌐 www.hotelpadma.com；€€€€

Courtyard Hotel   ▶P.39，b2

　　明亮的房间，布置简约，有20世纪30，40年代的风格；不在海滩上，距离海滩约10分钟路程。

🏠 Werkudara路14号；☎ 03 61-75 02 42；🌐 www.courtyard-bali.com；€€

The Sari Beach   ▶P.39，b2

　　位于海滩上，小而舒适，略有一些远离尘嚣的感觉。

🏠 Padma Utara路；☎ 03 61-75 16 35；
🌐 www.saribeachinn.com；🛏 23间客房；€€

Su's Cottage 1   ▶P.39，b2

　　客房简单而整洁，位置便利，距离Double Six 海滩只需5分钟的路程。

🏠 Pura Bagus Taruna路532号；☎ 03 61-73 03 24；

三兄弟客栈   ▶P.39，b2

Three Brothers Bungalows

　　位于勒吉安中心，坐落于花园中，步行10分钟即可到达海滩；茅草屋布置简单，开阔通风，其中的一些还能做饭。

🏠 Legian Tengah；☎ 03 61-75 15 66；
🌐 www.threebrothersbungalows.com；
🛏 60座茅草屋；€

水明漾：

Anantara Hotel   ▶P.39，a1

　　超现代主义风格的套房视野绝佳，能看到大海；完备的配套设施绝对让你不虚此行：淋浴、露台上的浴缸、咖啡机、巴厘岛最柔软的枕头以及一台大电视；底层的泰国餐厅提供可口的食物；唯一美中不足之处是主泳池有点小。

🏠 Dhyana Pura路；☎ 03 61-73 77 73；
🌐 www.bali.anatara.com；🛏 59间套房；
€€€€

The Elysian   ▶P.39，a1

　　极具抽象派的酒店设计融合了巴厘岛建筑风格的要素；配备了独立泳池的茅草屋镶嵌在美丽的花园中；绝妙的露台酒吧提供最美味的亚洲食物。

🏠 Sari Dewi路18号；☎ 03 61-73 09 99；
🌐 www.theelysian.com；🛏 26座茅草屋；
€€€€

奥拜罗酒店

The Oberoi ▶P.39，a1

别具魅力的酒店，库塔海滩上独一无二的美地；众多名人曾在此下榻，其中包括米克•贾格尔（Mick Jagger）、大卫•鲍伊（David Bowie）、亨利•基辛格（Henry Kissinger）、理查德•冯•魏茨泽克（Richard von Weizsäcker）等；巴厘岛风格的小屋坐落在开阔的花园中，早上可在露天餐厅一边用餐一边欣赏海景；酒店设有宽敞的泳池和舒适的疗养俱乐部，此外还提供配备了专有泳池的别墅。

🏠 水明漾，Laksmana路；☎ 03 61-73 03 61；🌐 www.oberoihotels.com；🛏60间客房，15幢别墅；€€€€

Space Bali ▶P.39，a1

鲜有人知的好去处：6幢别墅每幢都配有两个卧室、开阔的居住区、专有的厨房，以及一个专有的大泳池。

🏠 Drupadi路8号；☎ 03 61-73 08 99；🌐 www.spaceatbali.com；🛏6幢别墅；€€€€

Uma Sapna Hotel ▶P.39，a1

这座时尚的度假酒店的位置略微有些隐蔽，但是仅需5分钟就可到达人气很旺的Laksmana街，在那里有很多餐厅、酒吧和商店；这里的所有别墅都配有独立的泳池。

🏠 Drupadi路20号；☎ 03 61-73 66 28；🌐 www.umasapna.com；🛏20幢别墅；€€€€

Puri Cendana ▶P.39，a1

位于美丽的花园中，设有小泳池和不错的餐厅；这里可以租到便宜的套间，但是这些茅草屋并没有直接建在沙滩上。

🏠 Dhyana Pura路；☎ 03 61-73 08 69；🌐 www.puricendanaresortbali.com；🛏24间客房；€€

Sarinande Beach Inn ▶P.39，a1

简单的房间，设有小泳池和餐厅，距水明漾海滩只需3分钟路程。

🏠 Sarinande路15号；☎ 03 61-73 03 83；🌐 www.sarinandehotel.com；€

克罗伯坎/乌玛拉斯/Canggu：
圣淘沙私人别墅和水疗中心

Sentosa Private Villas and SPA
▶P.126，A10

巴厘岛风格的现代别墅、Blossom餐厅，还有SPA——所有的一切大气而极尽奢华，当然价格也很辣手。

🏠 佩提腾吉（Petitenget），Pura Telaga Waja路；☎ 0361-730333；🌐 www.balisentosa.com；🛏38幢别墅；€€€€

图古酒店

Tugu Hotel ▶P.126，A10

这家酒店就是一座鲜活的博物馆：传统风格的、极具艺术感的舒适房间镶嵌在热带风情的花园中，其中有一个套间是专门纪念画家瓦尔特•施皮斯（Walter Spies）的；此外酒店还拥有三个餐厅和一小段专用的海滩。

🏠 Pantai Batu Bolong路；☎ 03 61-73 17 01；🌐 www.tuguhotels.com；🛏21间客房；€€€€

Desa Seni Resort 🏃
▶P.126，A10

这家店的两个美国老板将

MERIAN小贴士 ④

La Lucciola ▶P.39，a1北

烤鱼配上清脆的蔬菜并不是这家餐厅唯一的亮点，其绝佳的选址（坐落于海滩上的两层凉亭）也令人印象深刻。三月中旬和四月间，海滩上会举办庆祝Melasti（巴厘岛新年"静居日"的前几日）的仪式，从这里就能够清楚看着到节庆的盛况。此外餐厅门口还设有沙滩椅。

🏠 水明漾，Kayu Aya路（Petitenget庙边上）；☎ 03 61-73 08 38；🕐 每天9:00~24:00；€€€

印尼各地的传统木制房屋集合到一起，组成了这个迷人的小村庄似的酒店。其还设有一间开阔的瑜伽厅、一家舒适的有机食物餐厅、一处小SPA和咸水游泳池。

🏠 Kayu Puith路13号；☎ 03 61-84 46 39 2；🌐 www.desaseni.com；🏕 10座茅草屋；€€€

徒步

库塔最美的徒步路线当属沿海滩漫步至海神庙（▶P.102）。

餐饮

库塔：

罂粟花别墅

Poppies ▶P.39，c4

可以说是库塔区最棒的餐厅，位于僻静、美丽的花园中，供应印尼菜和欧洲菜式。

🏠 Poppies Lane I；☎ 03 61-75 10 59；🌐 www.poppiesbali.com；🕐 8:00~23:00；€€€

Bounty ▶P.39，b/c3

以同名传奇舰船为原型建造

的餐厅，连抛物面天线的样子都是一样的；供应各国菜肴；美国媒体CNN曾报道过这家餐厅。

🏠 Legian路；☎ 03 61-75 25 29；€€

Made's Warung I ▶P.39，c4

在库塔经营了几十年的大排档，如今仍是顾客盈门，是品尝各国菜肴以及印尼菜肴的好去处。

🏠 BR Pande Mas；☎ 03 61-75 52 97；🌐 www.madeswarung.com；€€

妈妈的德国餐厅 ▶P.39，c3
Mama's German Restaurant

想品尝德国菜的话可以来这家餐厅，除了咖喱肠、猪肘子这些丰盛的菜肴外，还能喝到生啤。

🏠 Legian路352号；☎ 03 61-76 11 51；🌐 www.bali-mamas.com；🕐 每天24小时营业；€€

Aromas Café ▶P.39，b/c3

全素食的餐厅，烹饪方法独到。

🏠 Legian路；☎ 03 61-76 11 13；€

Pasar Malem ▶P.39，c4

想到巴厘人平时就餐的地方，可以去当地的夜市❷。那里的食物味道不错，并且相比餐厅价格要公道许多，还能多了解一些当地的风俗人情。

🏠 Bakung Sari路，海滩另一端，邮政总局的后面；🕐 每天18:00起开始营业

勒吉安：

Gosha酒吧餐厅 ▶P.39，b3
Gosha Bar & Restaurant

供应美味的印尼菜，每次

去都能尝到尤其以鱼类菜肴见长的高水准菜肴。此外还可以试试这里的Bloody-gooddrink。

🏠 Melasti路 7号；☎ 03 61-75 98 80；
🌐 www.goshasrestaurant.biz；€€

Warung Yogya
▶P.39，b2

简陋的小饭馆，主打菜为传统印尼菜，主要是日惹（Yogyakarta）附近的菜式。

🏠 Padma Utara路79号；☎ 03 61-75 08 35；€

水明漾：

Laksmana路（Oberoi路）已经发展成水明漾的饭店街，例如日式高级餐厅Kunis（☎ 03 61-73 50 1；🌐 www.kunisbali.com），水明漾最好的意大利餐厅Sasa（☎ 03 61-73 66 38）都坐落于此，另外还有Café Bali这样的"新殖民主义"风格的餐厅（☎ 03 61-73 64 84）四处售卖他们烘焙的巧克力布丁。

Gado-Gado
▶P.39，a1

坐落于美丽的海滩上，菜式精美且视野极佳。

🏠 Dhyana Pura路99号；☎ 03 61-73 69 66；🌐 www.gadogadorestaurant.com；€€€

Grocer & Grind
▶P.39，a1北

特别之处在于菜单上所列出的各种可口的沙拉；内部设计也很有国际化大都市餐厅的风范。

🏠 Kayu Jati路3号；☎ 03 61-73 04 18；🌐 www.grocerandgrind.com；€€€

奥拜罗酒店餐厅
▶P.39，a1

奥拜罗酒店（▶P.41）有两家餐厅：一家是Frangipani Café，在这里可以眺望海滩，适合日落时在此就餐；另一家是Kura Kura Restaurant，其餐桌设在凉亭中，室内布局很高雅，供应亚洲和欧洲的菜肴。

🏠 Kayu Aya路；☎ 03 61-73 03 61；🌐 www.oberoibali.com；€€€

皇后坦道印度餐厅
Queens Tandoor
▶P.39，b1

巴厘岛的印度家庭会来这里共进晚餐——再没有比这个更明确的标志了吧，总之菜肴味道非常地道。

🏠 Raya Seminyak路 73号；☎ 03 61-73 27 70；🌐 www.queenstandoor.com；€€€

Sip Wine Bar
▶P.39，b1

法国小酒馆，没有巴厘岛式的热情服务，有点像在巴黎的感觉。酒水单在整个岛上都能排在前列。

🏠 Raya Seminyak路16号；☎ 03 61-73 08 10；🌐 www.sip-bali.com；€€€

Khaima
▶P.39，b1

有"一千零一夜"格调的餐厅，主打菜为摩洛哥菜肴；周五和周六21：00起会有精彩的肚皮舞表演；每天都供应下午茶。

🏠 Laksmana路334号；☎ 03 61-74 23 95 2；🌐 www.khaimabali.com；🕐 每天11:00 开始营业；€€

Lemon Grass
▶P.39，b1

设计简约、价廉物美的泰国餐厅。

🏠 Raya Seminyak路37号；☎ 03 61-73 61 49；🌐 www.barudibali.com/lemongrass；€€

Made's Warung II　▶P.39，b1

规模比库塔的 Warung I 要大；布局格调采用旧殖民主义时期的风格，氛围很独特。

🏠 Raya Seminyak路；☎ 06 31-73 21 30；🌐 www.madeswarung.com；€€

Sate Bali　▶P.39，a1

少有的提供精致巴厘菜的小饭馆。

🏠 Laksmana路22A；☎ 03 61-73 67 34；€€

Café Moka　▶P.39，b2

岛上最棒的烘焙店，从酥脆的法棍到意大利通心粉，所有的食物都新鲜美味，而且都可外带。

🏠 Raya Seminyak路；☎ 03 61-73 14 24；🕐 每天8:00～20:00；€

Warung Batavia　▶P.39，b1北

爪哇菜，经典的什锦饭（Nasi Campur）配上现做的Gado-Gado，作为午饭再合适不过了。

🏠 Yudistria/Kunti II路；☎ 03 61-74 21 52 5；€

克罗伯坎/乌玛拉斯/Canggu：

Kafe Warisan　▶P.39，b1北

舒适的餐厅，可在此欣赏稻田和日落；供应美味的地中海式菜肴。

🏠 Raya Kerobokan路38号；☎ 03 61-73 11 75；🌐 www.kafewarinsan.com；€€€

Lestari Grill & Pasta
▶P.126，A10

露天设计，极具特色的餐厅；可坐在泳池边享受大厨手工制作的新鲜意粉。

🏠 Umalas Lestari路；☎ 03 61-79 26 37 5；🌐 www.lestari-bali.com；€€€

Sarong Restaurant
▶P.39，a1北

这里可以体验横越亚洲的味蕾之旅，菜肴比餐厅的内部设计更具吸引力。

🏠 Petitenget路19X；☎ 03 61-73 78 09；🌐 www.sarongbali.com；€€€

Bali Buddha　▶P.126，A10

这家餐厅能把健康食品做

华丽而名贵的手织布料很适合作为纪念品，你可在库塔海滩上的商店中尽情挑选。

得有滋有味。在旁边的小店中还能买到很棒的烘焙食品、蛋糕，以及巴厘岛上很少见的全麦面包。

🏠 克罗伯坎（Kerobokan），Banjar Anyar路25号；☎ 03 61-84 45 93 5；🕸 www.balibuddha.com；€€

Biku ▶P.39，a1北

这家餐厅设在古老的爪哇木制小屋中，带有一个小书店。此外这里还是在巴厘岛购买茶叶的不二之地。

🏠 Petitenget路888号；☎ 03 61-85 70 88 8；🕸 www.bikubali.com；€€

Kembang Goela ▶P.39，a1北

盛在半个椰子壳中的沙拉，或75厘米长的爪哇鸡肉肠——这家餐厅将印尼群岛各处的特色菜以创新的方式呈现了出来。

🏠 Petitenget路27号；☎ 03 61-73 80 76；€€

The Beach House ▶P.126，A10

虽然有点偏远，但是坐落在安静的海滩上。每周日晚上都会有大型海鲜自助餐和乐队现场表演。

🏠 Pura Batu Mejan路，Echo beach；☎ 03 61-73 84 71；€

购物

库塔主要集中了廉价商店、冲浪品牌的工厂折扣店（例如Ripcurl和Billabong，两家店都位于机场的By Pass方向）和大卖场，例如Discovery购物广场（Kartika Plaza路）或Bali Galeria（By Pass，Dewa Ruci雕像旁）。越向水明漾的方向去，店家卖的东西也会越高级，那里的Kunti街和Laksmana街都值得一逛。

Ady Shop ▶P.39，b1北

门外种着几棵椰子树，主要出售贝母制成的勺子、竹编篮子和木质碗碟，货物质量一流。

🏠 克罗伯坎，Merta Nadi路89号

Bali Gucci ▶P.39，b1北

出售独特的古代服饰、面具、家具、布料及其他印尼杂货。

🏠 水明漾，Raya Basangkasa路4号；🕸 www.geocities.com/suditha

Biasa ▶P.39，b1

售有王子和公主穿着的热带华丽服饰，由上好的棉花、亚麻和蚕丝制成。

🏠 Raya Seminyak路36号；🕸 www.biasabali.com

Disini ▶P.39，b1北

售有当地出产的床单和桌布，具有丝滑的质感，但价格不菲。

⌂ 水明漾, Raya Seminyak路6-8号;
🌐 www.barudibali.com/disini-boutique

Gecko   ▶P.39, b2

出售各种皮具。

⌂ Raya Legian路406号

Milo's   ▶P.39, c4

米诺（Milo）来自米兰并已在巴厘岛生活了30年。他设计的服饰非常独特，款式也很丰富，任由你挑选。

⌂ 库塔广场, E1区

Warisan杂货店   ▶P.39, b1北

这家两层楼的杂货店就在同名饭店的隔壁，出售布料、木偶、饰品、家具等商品。

⌂ 克罗伯坊, Raya Kerobokan路38号;
🌐 www.warisan.com

Yandi Shop   ▶P.39, b1北

出售柚木制成的盒子、碗碟和花瓶，制作精良。

⌂ 水明漾, Raya Basangkasa路38号

Yusufs银饰   ▶P.39, c4

柜台中展示的银饰品种繁多，其中不乏昂贵的款式。

⌂ 库塔, Legian路182号; 🌐 www.yusufssilver.com

疗养

Antique SPA   ▶P.126, A10

提供的护理服务种类不多，但都是一流水准（例如芳疗按摩加去角质）；护理室空间宽敞且为半露天式；价位中等。

⌂ 乌玛拉斯, Dukuh Indah路; ☎ 03 61-73 78 30; 🌐 www.antiquebali.com

Jari Menari   ▶P.39, b1北

当你询问巴厘岛上哪里有最好的按摩时，得到的答案总会是"Jari Menari"。创建人苏珊·施泰因（Susan Stein）还在继续扩充她的全男性技师队伍；护理室为禅宗（Zen）风格，空间宽敞且为半露天式；价位中等。

⌂ 水明漾, Raya Basangkasa路47号; ☎ 03 61-73 67 40; 🌐 www.jarimenari.com

Miracle Aesthetic Clinic
▶P.39, c3

除了专业的皮肤护理和面部护理外，这里还提供药物疗养（例如Botox除皱或化学换肤）；诊所设计简约，整洁；价位中等。

⌂ 库塔, Patih Jelantik路, Kuta Galeria Blok PM/20; ☎ 03 61-76 90 19; 🌐 www.miracle-clinic.com

Prana SPA   ▶P.39, b1北

The Villas度假酒店的SPA，这里的疗程服务源于印度传统医学，除了经典护理外还提供阿育吠陀（Ayurveda）养生和瑜伽。价位偏上。

⌂ 水明漾, Kunti路118号; ☎ 03 61-73 08 40; 🌐 www.thevillas.net

夜生活

在2002年的恐怖袭击之后，巴厘岛的娱乐中心曾一度从库塔转移到了水明漾，但随后"夜店族"们又逐渐回到

了库塔。Pantai Kuta路这条海滩林荫道到了周末总是格外喧闹。露天的酒吧、夜总会和迪斯科舞厅鳞次栉比。而在水明漾的蓝色海洋大道（Blue Ocean Boulevard）、Dhyana Pura路、Laksmana/Oberoi/Petitenget路周边也设有高档的夜总会，这些场所也适合25岁以上的族群。此外每两周发行一次的免费杂志"The Beat"（www.beatmag.com）会提供巴厘岛上的音乐会和俱乐部活动的相关信息，可从各个酒吧索取。下面是一些值得推荐的去处：

Double Six　▶P.39，a2

海滩迪斯科，拥有世界级的DJ、泳池和蹦极塔。在周末2点以后爆满。

🏠 水明漾，Double Six路/蓝色海洋大道；🌐 www.doublesixclub.com；🕐 每天23:00开始营业

Galeria 21 Cineplex　▶P.39，c4

在巴厘岛想去电影院的话就来这里吧。这里还设有游艺中心和餐厅。

🏠 库塔，Mal Bali Galeria购物中心，By Pass；☎ 03 61-76 70 21

硬石咖啡厅/中央舞台　▶P.39，c4

硬石酒店里两个门对门的娱乐场所，每晚都会有乐队演出。

🏠 Pantai Kuta路；🌐 www.hardrockhotels.net/bali

硬石咖啡厅

🏠 Legian路204号；🕐 每日11:00～次日2:00，周末营业至3:00，23:00起有乐队现场表演

中央舞台

🏠 库塔，Banjar Pande Mas，Pantai路；🕐 每日10:00～次日1:00，周末营业至2:00，20:30起有现场乐队表演

KU DE TA　▶P.39，a1北

白天它是吃饭和小憩的地方，晚上则是巴厘岛最棒、最有名的夜总会。这里有明星级

水明漾的许多像奥拜罗（▶P.41）这样的大宾馆都会组织传统民俗表演。

的DJ，还有在沙滩上踩着海浪的热舞的美女。酒水可以说是国际大都市的水准，价格当然也不菲。

🏠 Laksmana路9号；☎ 03 61-73 69 69；🌐 www.kudeta.net

Mannekepis爵士蓝调酒吧

▶P.39，b1

比利时人扬尼克（Yannic）开设的小酒吧，舒适且别具风格。每周四、周五、周六晚上都会有当地的爵士和蓝调乐队在现场演出。

🏠 水明漾，Raya Seminyak路2号；☎ 03 61-84 75 78 4；🌐 www.mannekepis-bistro.com

Mixwell

▶P.39，a1

巴厘岛最具人气的同性恋酒吧，每周末都人满为患。定期会有变装女皇和脱衣舞者的表演。

🏠 Dhyana Pura路6号；🌐 www.barudibali.com/mixwell-bar；🕐 每日19:00～次日2:00

Santa Fe

▶P.39，b1

不算华丽的酒吧，但是每天都会有摇滚乐队现场表演，啤酒也很可口。

🏠 Dhyana Pura路11号；☎ 03 61-73 11 47；🕐 每天24小时营业

服务
汽车和摩托车租赁

库塔的每个角落都提供这种服务，并且价格比萨努尔和努沙都瓦更便宜。汽车每天的租金是70 000卢比，摩托车是20 000卢比，需要雇用司机的话每天还需要再花费15 000卢比。

警察局

▶P.39，c4

🏠 库塔，Raya路；☎ 03 61-75 19 98

邮局

▶P.39，c4南

库塔的邮政总局位于Raya Tuban路。不过邮局被一座新的建筑挡住了，因此设了一块小路牌来指路。库塔邮政总局

巴厘岛的六座国庙之一：海神庙，只能在退潮时通过步行前往。

（Kuta General Post Office）：库塔，Raya Tuban路；邮政代理：Legian路和Raya Seminyak路（Bintang超市旁）。

游客服务中心

🏠 勒吉安，世纪广场，Benesari路7号；
☎ 03 61-75 40 90

报纸

每周最好购买一次《雅加达邮报》，每周五都会提供巴厘岛上的庙会或舞蹈仪式等活动的重要信息。

周边走走

◎ 孟格威
Mengwi ▶ P.126，B9

孟格威的塔曼阿扬寺（Pura Taman Ayu）是巴厘岛上第二大庙宇，也是最美丽的庙宇之一。孟格威王国的国王于1634年兴建了这座寺庙，并于1937年进行了扩建。庙宇位于一座小丘上，四面环水，水中还生长着睡莲和荷花，总体给人一种漂浮在水面上的感觉。这座庙宇虽然规模不大，却设有大量的Meru（神龛）。在不远处的水上花园餐厅就可很好地欣赏到庙宇的美丽景色。

🏠 库塔以北20公里

◎ 桑给的圣猴森林公园
Sangeh Monkey Forest 🏃
▶ P.126，B9

来桑给村的游客通常是冲着"猴林"而来：这里居住着数百只半驯化的猴子，根据传说它们是《罗摩衍那》（Ramayana）史诗中的猴神哈努曼（Hanuman）的后裔。在这片广阔的森林中还生长着巴厘岛上独一无二的Pala树（豆蔻树）。这片森林对巴厘人来说非常神圣，因此禁止狩猎猴子。17世纪时这里还为毗湿奴神建立了一座小庙宇，现在已经长满了青苔。

🏠 孟格威以北11公里

◎ Sempidi/Lukluk/Kapal
▶ P.126，B9

这三个地方都以其美丽的庙宇而闻名。从库塔出发最先到达Sempidi，这个村庄里的三座庙宇都值得观赏。Lukluk最具吸引力的是供奉死神的Pura Dalem，而在Kapal则有供奉先祖的萨达寺（Pura Sada）。这五座庙宇都饰有大量的雕刻，描绘了家庭或神话故事中的场景。此外还有12世纪人们为Kapal先祖庙中的神所建造的60座宝库。

🏠 库塔以南10公里

◎ 塔巴南
Tabanan ▶ P.126，A9

这座小城不仅拥有肥沃的稻田还有很多中国小店。如果你在早上抵达了塔巴南，建议去游览一下那里热闹的集市。这里的苏巴克博物馆（Museum Subak）也很有意思，陈列的各种物品全都和水稻种植有关。（🕐 周二 ~周四8:00～14:00，周五8:00～11:00，周六8:00～12:30，周日8:00～14:00，周一闭馆）。所有经塔巴南向西的道路都会延伸至僻静而美丽的海湾，很值得前去一游。

⌂ 库塔西北方向20公里

◎ 海神庙
Tanah Lot ▶P.126，A10

位于库塔西边的海神庙是巴厘岛的六座国庙之一，景色秀丽迷人。庙宇建造在山崖上，涨潮时海浪会从四面冲刷岩石。在临近黄昏的时候太阳会在庙宇后方落下，景象非常壮观。不过请切记不要踏入庙宇所在山崖上的洞穴，因为这里栖息着黑白相间花纹的海蛇。

⌂ 库塔以西40公里

萨努尔
Sanur ▶P.126，B10

萨努尔的"地标"是巴厘海滩酒店，它是巴厘岛上唯一的高楼。这座60年代由日本人所建的建筑自打开始建造就引来一片抗议之声；在其竣工后政府颁布了对高层建筑的限制令，规定所有建筑物不得高于棕榈树。

当沿着随海岸线延伸的萨努尔主干道Danaŭ Tamblingan路漫步时，感觉就像身于欧洲的浴场。尽管这里也有很多餐厅、咖啡店以及纪念品小店，但是这一切比起库塔的来要整齐和庄重得多。

海滩上的宾馆都位于宽阔的引道后。宾馆的花园布置得美轮美奂，坐在泳池旁的棕榈树下就能眺望到大海。一条林荫小道通向风景如画的港口。饭店一家挨着一家，可以在露天的餐桌上一边享用食物（特别是鱼类菜肴）一边欣赏海景。

和努沙都瓦一样，这里的金黄色沙滩前有一片珊瑚礁，让游泳更加安全。但是在水位较低时因为珊瑚的关系会没办法游泳。这里还停泊着五颜六色的带弦外桨架的触板，游客可以乘坐它们去潜水，也可以借助它们抵达努萨培尼达、努萨兰彭坎和贝诺阿港这些地方。

虽然同样舒适惬意，但是相比努沙都瓦，萨努尔具有独特的优势：离开酒店后就可以直接接触这块土地和这里的人民，因为不远处就坐落着萨努尔村，一个以音乐和佳美兰乐团而闻名的村庄。佳美兰音乐、舞蹈还有皮影戏，再没有别的地方会像这里的酒店和餐厅一样整晚提供各种文化表演了。

MERIAN小贴士 **6**

勒迈耶博物馆 ▶P.126，B10
Museum Le Mayeur

比利时画家勒迈耶（Adrien Jean Le Mayeur de Merpes, 1880-1958）在1932年来到巴厘岛，是最早来到这里的外国游客之一。不久后他与黎弓舞舞者尼·波洛克（Ni Pollok）结为夫妻。1985年，勒迈耶妻子生前曾经居住，同时也是他自己进行绘画创作的房子变为了博物馆。此博物馆位于巴厘海滩酒店的北边海滩。

⏰ 周五以外每天8:00～16:00

　　巴厘岛艺术的一大特点就是以善恶平衡为主题，在这一方面萨努尔保留了最古老、最深厚的传统。除此之外，这块地域还有着重要的历史意义；荷兰人就是从这里首次踏上这块土地，而日本人的侵略同样是以这里为起点。

　　20世纪50年代萨努尔就开始出现茅草屋旅馆，而到现在海滩上已经建起了30多个顶级酒店。在巴厘海滩酒店之后，多数宾馆都采用了茅草屋的形式，以保持这块土地的村庄风貌。

宾馆/其他住处

　　以下宾馆位于海滩上：

巴厘凯悦大酒店 🏌
Bali Hyatt

　　酒店规模宏大，不过梦幻的热带风情花园更加令人着迷；拥有一段专属的金色沙滩，配备的泳池设施能让孩子们尽情玩耍。

🏠 D. Tamblingan路；☎ 03 61-28 12 34；🌐 www.bali.resort.hyatt.com；🛏 390间客房；€€€/€€€€

Tandjung Sari

　　巴厘岛风格的茅草屋；餐厅布置典雅，菜肴美味；设有海滩酒吧和一个很小的泳池。每一座茅草屋都被独立的小花园环绕，因此非常适合喜爱安静的客人居住。此外还设有舞蹈学校。

🏠 D. Tamblingan路；☎ 03 61-28 84 41；🌐 www.tandjungsarihotel.com；🛏 28间客房；€€€€

美居度假村
Mercure Resort 🏌

　　宽阔花园中的双层巴厘岛式茅草屋，花园内设有两个泳池、一间餐厅、三个酒吧、网球场以及SPA。酒店还饲养了一头名叫安杰莉卡 （Angelica）的母牛，作为每天早上清理酒店专属海滩时的帮手。

🏠 Mertasari路；☎ 03 61-28 88 33；🌐 www.mercure-asia.com；🛏 189间客房；€€€

普瑞珊楚安酒店 🏌
Puri Santrian

　　传统巴厘岛风格的酒店，宽广大气，拥有多个泳池和建造在海滩上的餐厅。俱乐部区域有独立的泳池和套间。还设有网球场和SPA。

🏠 D. Tamblingan路63号；☎ 03 61-28 80 09；🌐 www.santrian；🛏 182间客房；€€€

　　以下宾馆不在海滩上，但是考虑舒适度的话性价比还不错：

The Gangsa 🏌

　　这座奢华酒店位于巴厘岛传统居住区，位置略微有些难找。古老的树木、爬满植物的围墙、开阔的凉亭以及每幢别墅单独配备的泳池使它成为了萨努尔最美的酒店。内部还有儿童俱乐部、小型的SPA和一家巴厘餐厅。

🏠 Tirta Akasa路28号；☎ 03 61-27 02 60；🌐 www.thegangsa.com；🛏 11幢别墅；€€€€

塞格拉度度假村 🕴

Segara Village

刚翻修过的舒适茅草屋酒店，拥有两个泳池和一个大花园，提供专门的儿童节目。

🏠 Segara Ayu路；☎ 03 61-28 84 07/08；
🌐 www.segaravillage.com；🛏 120间客房；
€€€

丹戎玛斯别墅

Villa Tanjung Mas

来自荷兰的贝尔特（Bert）和安内克·霍尔维尔达（Anneke Holwerda）夫妇原本只是想在萨努尔的最南端建一幢房子养老，没想到却建成了拥有梦幻花园的带泳池的小型民宿。

🏠 Tanjung路12号；☎ 00 62-81-33 72 40 92 2；🌐 www.villatanjungmas.nl；🛏 5座茅草屋；€€€

Puri Mesari

建筑整体布局像一个小村庄，内有一个泳池；房间布局简单整洁，服务非常周到；距海滩约200米。

🏠 Mertasari路66号；☎ 03 61-28 15 78；
🌐 www.purimesari.com；🛏 21间客房；
€€

Scape Condotel

简约的双层建筑，有带阳台的房间和一个中央泳池。该有的设施基本都有，保证你能度过一个安静惬意的夜晚。

🏠 D. Tamblingan路80号；☎ 03 16-28 14 90；🌐 www.scapebali.com；🛏 16间客房；€€

Flashbacks

位于热带花园中的舒适民宿，设有一个小泳池以及对着大街的The Porch咖啡厅。咖啡厅提供香醇的牛奶咖啡和自制蛋糕。

🏠 D. Tamblingan 路110号；☎ 03 61-28 16 82；🌐 www.flashbacks-chb.com；🛏 7间客房；€

巴厘岛石雕艺术中心：巴土布兰的道路两侧都是石匠工房以及大量神明和恶魔的雕像。

餐饮

Mezzanine

普瑞珊楚安酒店的附属餐厅，属热带建筑格局，宏伟而开阔，提供欧洲和亚洲菜肴。

🏠 D. Tamblingan 路80号；☎ 03 61-28 14 9080 09；🕐 每天18:00开始营业；€€€

Batu Jimbar Café

供应小吃和饮料；宽阔的露台很适合打发闲暇时间；时不时会有乐队现场表演。

🏠 D. Tamblingan 路75号；☎ 03 61-28 73 74；🌐 www.cafebatujimbar.com；🕐 12:00~23:00；€€

CharMing

这个店名再合适不过这家餐厅了。餐厅里陈设着大量植物以及古旧、精美的木雕，环境非常舒适。提供各国菜肴以及印尼菜。

🏠 D. Tamblingan 路97号；☎ 03 61-28 80 29；🌐 www.charming-bali.com；🕐 每天 18:00~23:00；€€

Massimo

意大利菜味道一般，但是比萨和冰激凌却很不错，就算是意大利人也会觉得好吃。

🏠 D. Tamblingan 路228号；☎ 03 61-28 89 42；🌐 www.massimobali.com；€€

Telaga Naga餐厅

巴厘凯悦大酒店的附属餐厅，餐桌设在莲花盛开的花园中，环境优美；提供可口的中国菜。

🏠 D. Tamblingan 路；☎ 03 61-28 82 71；€€

海滩市场

这里的小吃摊（Warungs）可以品尝到巴厘、爪哇和中式菜肴，烤鱼尤其值得推荐！

🏠 Segara Ayu路；🕐 每天9:00~21:00；€

Jepun咖啡厅

供应各国菜肴的小餐厅，每天都有乐队的现场表演。另提供萨努尔地区的接送服务。

🏠 D. Tamblingan 路212号；☎ 03 61-28 70 49；€

街头咖啡厅

萨努尔中心的小饭店，菜肴味道不错。

🏠 D. Tamblingan 路21号；€

Warung Bento

爪哇菜和日本菜的完美结合！环境简朴，价格非常便宜。

🏠 D. Tamblingan 路27号；☎ 03 61-18 25 72；🕐 每天10:00~22:00；€

购物

沿海岸延伸的大街上有很多纪念品、艺术品以及古玩的小店。相比库塔，这些小店里的商品档次更高、价格更贵，需要购买者有更加独到的眼光。而巴厘凯悦大酒店就设有一个小的购物走廊。

Nogo – 巴厘岛扎染布中心
Nogo-Bali Ikat centre

有丰富的扎染布、棉布和丝绵混纺布供客人选择；同时还提供将布料加工成床单和枕套的服务以及定制服务。

🏠 D. Tamblingan 路104号；☎ 03 61-28 87 65；🌐 www.nogobali.com

Pollok艺术品商店

除了勒迈耶博物馆外，勒迈耶的女儿还经营着艺术品生意，商品包括木雕、绘画、银饰、蜡染布等各种巴厘岛手工艺品，种类丰富，分类细致。

疗养
Hyatt Pure

环境优美的水疗村，设有8个半开阔式茅草屋。提供各种服务，包括按摩、角质护理、裹肤护理和洗浴。设有桑拿房、按摩浴缸和蒸气浴房。价格较高。

🏠 Danau Tamblingan路；☎ 03 61-28 12 34；🌐 www.bali.spa.resort.hyatt.com；🕐 每天9:00~22:00

My SPA at Mercure

美居度假村（Mercure Resort）的SPA，不算大，但是用于放松和美容的基本设施很齐全。部分护理室还配有户外的淋浴房或户外浴池。隔壁还设有美发沙龙。价位中等。

🏠 Mertasari路；☎ 03 61-28 88 33；🕐 每天9:00~21:00

普瑞珊楚安酒店的SPA

建筑宏伟，设有8个护理室，其中5个为半露天式。以"Back to the Basics"为理念，提供经典的按摩、洗浴及护肤服务。价位中等。

🏠 Cemara路53号；☎ 03 61-28 80 09；🌐 www.santrian.com；🕐 每天9:00~22:00

夜生活
蓝眼咖啡厅
Blue Eyes Café

新开业的Genesis Hotel的俱乐部，坐落于机场方向的大街上；定期会有DJ和乐队到现场表演；设有卡拉OK酒吧。

🏠 By Pass Ngurah Rai 888号；☎ 03 61-78 07 47 8；🌐 www.blueeyescafe.com；🕐 每天22:00开始营业

Kafe Wayang

非常棒的聚会场所，人气火爆。周五和周六有爵士演奏会。

🏠 Bypass Ngurah Rai路；🕐 每天18:00~次日2:00

服务
租船

整个海滩都能租到舢板；在贝诺阿港（Benoa）可乘坐快艇前往龙目岛（Lombok）。

警察局

🏠 Segara路，在至机场主干道的拐角处。

周边走走
◎ 巴土布兰
Batubulan　　　▶P.126, B10

巴土布兰 ❸ 位于萨努尔以北，是巴厘岛石雕艺术的中心。这里的石匠能以精湛的技艺将柔软的砂岩雕凿成神明和恶魔的形象。去观摩工匠们的工作过程，或是仅仅看一看这些艺术感十足的石雕都是很有趣的经历。在村落北部稻田之间的Pura Puseh庙里也能看到这些巧夺天工的作品，庙宇的入口处陈设的都是新的雕像。另外在巴土布兰每天9:30~10:30都会有巴龙舞表演。

🏠 萨努尔以北8公里

◎ 贝诺阿港
Benoa ▶P.126，B11

贝诺阿港位于距萨努尔仅数公里远处，是荷兰人在占领了巴厘岛后建立的。贝诺阿港是登巴萨的贸易港口。

距贝诺阿港不远处的南湾更加值得一去，这座渔村位于布基特半岛北部的尖角上，乘坐渔船即可到达。另外还可从贝诺阿港乘坐帆船前去海龟岛（Serangan）（40分钟），在退潮时甚至可以徒步前去，但是比较危险。

🏠 萨努尔以南5公里

◎ 塞鲁克
Celuk ▶P.126，B9

塞鲁克村就坐落在巴土布兰以北不远处。这个以银饰闻名的村庄里有很多大商店，商店前设有宽阔的停车场供巴士停放；银饰的价格很高，且都是以美元标价。建议绕开大路走小路探访那些较小的工房，在这里不但可以参观银匠们的

巴厘博物馆收藏了各种古代的文物和艺术品，例如雕琢细腻逼真的雕像。

工作过程，说不定还能寻觅到很特别的饰品。

🏠 萨努尔以北10公里

◎ 海龟岛
Serangan ▶P.126，B10

这座长满棕榈树的小岛也被称为"海龟岛"，很适合游泳，而且只需2小时就能绕小岛漫步一圈。岛上的一些村庄还饲养"大水龟"并出售给饭店（海龟是保护动物）。若在库宁甘节（以210天为周期）这一天你恰好在岛上，便可有幸亲历前所未见的景象：数千名巴厘人在退潮时涉水来到岛上的Pura Sakenan庙，妇女们还头顶着高高的贡

品。Pura Sakenan是巴厘岛上最神圣的六座庙宇之一。

登巴萨
Denpasar ▶P.126, B10

约500 000居民
市区地图 ▶封三

登巴萨汇集了所有人在巴厘岛所不想见到的东西：轰鸣的摩托车、汽车和Bemo（当地的小巴士），熙熙攘攘的人流，还有在狭窄的道路上无法避免的尾气臭味。这座巴厘岛的首府居住着近500 000名居民，人口非常密集，交通拥挤到几近无法管理。

不过即便如此，现代文明还是没有在这里占据上风：一面纵容着现代化大城市的种种"弊端"，一面依旧执着地维持传统的建筑和文化，这座城市可以说是将现代和传统生活方式绝妙地融合在了一起。在登巴萨最大的十字路口（Gajah Mada路和Veteran路）矗立着一座巨大的神明雕像，雕像的四张面孔都朝向天空，并且有八条臂膀，代表了Guru神——湿婆的化身；她会对恶灵进行安抚，防止它们作恶。另外在Gajah Mada路和Thamrin路的大型商场前还设有神明的宝座，并且每天会多次在上面陈设供品。在主干道以外的街巷中，人们还是过着和村庄中近乎相同的传统而安静的生活。

登巴萨是一个很大的贸易中心，这仅从城市的名字就能略知一二（Pasar=市场）。不过这里以前是叫做"巴东"（Badung），印尼独立后才更换成现在的名字。集市就位于市中心，每天五点就开始营业，巴厘岛上的一切手工艺品和水果在这里都能买到，想去的话最好赶个大清早。很多游客都不愿意来这座城市，不过如果你对巴厘岛的艺术文化特别有兴趣的话千万不能错过这里。

纯粹的休养之旅——肉桂别墅能够实现游客的一切愿望。

宾馆/其他住处
巴厘海滩茵那大酒店
Inna Bali　　　　　　　▶封三，c2

荷兰殖民时期的宾馆，略有些老旧，建于20世纪30年代，是巴厘岛上的第一座宾馆；位于市中心，设有泳池、酒吧和餐厅，供应印尼、欧洲和中式的菜肴。

🏠 Veteran路3号；☎ 03 61-22 56 81；
🌐 www.innabali.com；🛏71间客房；€€

The Grand Santhi　　　▶封三，c5

整洁、现代的中等档次宾馆，位于安静的城市支路上，很适合作为旅途的中间站。设有餐厅和大泳池。

🏠 Paith Jelantik路1号；☎ 03 61-22 41 83；
🌐 www.hotelsanthi.com；🛏70间客房；€€

景点
艺术中心
Art Center　　　　　　▶封三，f3

坐落在花园中的建筑群，包括工房、展厅和一个巨大的舞台。每逢月圆之夜登巴萨的居民就会在这里举行仪式，对他们的最高神桑杨威迪表达敬仰。每年夏天这里还会举办为期数周的巴厘岛艺术节，在这期间会安排所有巴厘岛传统艺术表演。艺术中心的其中一间展厅展出的都是德国画家瓦尔特•施皮斯的作品，包括他的画作复制品以及以巴厘岛为题材的摄影作品。旅游旺季时每天晚上18:00这里都会有凯卡克舞表演，而这种舞蹈正是由施皮斯开创的。

🏠 Bayusuta路；🕐 每天8:00~17:00，举办活动时会延长；💲 免费入场；对汽车和摩托车收取低额的停车费。

ASTI – 印度尼西亚舞蹈学院
Akademi Seni Tari Indonesia
　　　　　　　　　　▶封三，f3东

印度尼西亚的国家舞蹈学院就位于艺术中心的后面，是一座高等学府。学生在这里接受音乐、舞蹈以及皮影戏等方面的教育。可以参观学校的教学。

🏠 Nusa Indah路

普普坦广场
Puputan Square　　　　▶封三，c3

广场上有登巴萨的几个有名景点，包括一座纪念碑，它是为了纪念1906年的Puputan——王室成员面对荷兰人的侵略所做的誓死抗争。1972年这里还建起了一座巨大的神明雕像——四方之神Bhatara Guru的雕像，她的四张面孔分别负责守护一条街道的安宁。广场的东部是雅加托纳坦寺（Pura Jagatnata）和巴厘博物馆。

雅加托纳坦寺
Pura Jagatnata　　　　▶封三，c3

这座世界征服者寺庙里供奉着印度教的最高神祇桑杨威迪，庇佑着整个巴厘岛以及所有的印度教信徒。寺庙内部陈列着桑杨威迪的金色雕像。这处圣地只在特定的日子和满月之夜开放，那时可向神明供奉供品。

🏠 Surapati路

Pura Maospahit　　▶封三，a2

巴厘岛上最古老的庙宇之一，建于14世纪。当时巴厘岛被爪哇征服，爪哇的贵族来到巴厘岛定居下来；庙宇中的神龛至今仍让人想起这些贵族家庭。

🏠 Dr. Sutomo路

波莫纠丹皇宫

Puri Pemecutan　　▶封三，b3

1906年在反抗荷兰人侵略时被毁的巴东王侯的宫殿在1907年进行了重建。虽然比原来要小一些，但是还是尽可能保持了其原本的风貌。时至今日王宫的一部分仍居住着巴东王侯的后人，另一部分则经过翻修变成了旅馆。

在王宫的一侧常常会举办当代巴黎艺术家的画展。

🏠 Thamrin路2号；☎ 03 61-22 34 91

MERIAN小贴士 🏵

金巴兰四季酒店的疗养中心
▶P.126，B11

在这里可享受芳香按摩、各种美容护理以及Lulur Royal。最后这一项原本是爪哇的婚礼习俗：在婚礼前的40天新娘要接受一小时的按摩，去掉身上的死皮，然后以新鲜的酸奶擦洗身体，最后还要进行鲜花浴（体外）和服用汤药（体内）。疗养中心也对非酒店住客开放！

博物馆
巴厘博物馆

Bali Museum　　▶封三，c3

1932年由荷兰人建立的一座民俗和自然艺术博物馆，建筑群分为三部分，分别采用巴厘岛北部、东部和西部的风格。馆内陈列有从古代至现代的展品，种类非常丰富。博物馆的主建筑采用的是卡朗阿森（巴厘岛东部）的风格，展出的是出土的古代文物和表现最重要的传统仪式的模型；主建筑左边是布莱伦（巴厘岛北部）王宫风格的建筑，展品包括面具、巴龙的形象以及皮影戏道具；右边的是塔巴南（巴厘岛西部）风格的建筑，展出的也是出土文物。

博物馆的大门是仿照庙宇的大门设计的，设有庭院以及Kulkul。在入口处可将整个建筑群尽收眼底。

🏠 Wisnu路；🕐 周二～周五8:30～15:45，周六8:30～12:30，周日8:30～14:00，周一闭馆；💲2000卢比

餐饮

Ozigo Country　　▶封三，f6南

人气超高的餐厅，供应各国菜肴，偶尔会有乐队现场表演。服务员都是牛仔打扮。

🏠 Moh. Yamin路54号；☎ 03 61-24 15 70；🕐 每天11:00～次日1:00；€€

Bumbu Desa　　▶封三，d6

这家舒适的餐厅中午和晚

上都供应自助餐，提供各种可口的印尼菜肴。

🏠 Raya Puputan路42号；☎ 03 61-22 18 50；🌐 www.bumbudesa.com；€

Warung Mina ▶封三, d6

典型的小吃店，拥有美丽的花园；深受年轻人欢迎，周一和周四有乐队现场演出。

🏠 Tukad Gangga路1号/Raya Puputan路拐角；☎ 03 61-780 78 06；🕐 每天10:00～23:00；€

夜市 ▶封三, b2
Pasar Malem

提供物美价廉的印尼菜和中国菜✪，而且这里的生活氛围也很吸引人哦。不过在街上闲逛时一定要注意小偷！

🏠 Gajah Mada路

购物

Gajah Mada路 ▶封三, b2

河两岸的集市每天早上5点就开始营业了✪。在Gajah Mada路和Kartini路上有很多古玩店、布料店和手工艺品店，其中比较有特色的要属印度商店里出售的布料。在Kresna路和Karna路也有古玩店。另外在Sulawesi路可以买到各种纪念品，特别是饰品和皮制品。

🕐 每天10点左右开始营业

夜生活

西方的迪斯科、酒吧、小酒馆文化对于巴厘人来说比较陌生，这些场所要到旅游区才容易找到。不过登巴萨的年轻人也有消磨夜晚的地方：他们会在Quartier Renon（Raya Puputan路/Moh. Yamin路）聚会，以及在Niti Mandala纪念碑附近或夜市上闲荡。

服务
旅游信息
巴厘岛旅游局
Bali Tourism Office ▶封三, e6

🏠 Niti Mandala – Civic Centre, S. Parman路；☎ 03 61-22 23 87, 22 63 13

巴东旅游局 ▶封三, c3
Badung Tourism Office

🏠 Surapati路7号；☎ 03 61-23 45 69 🕐 每天8:00～14:00，周五8:00～11:00，周日休息。

邮局
邮政总局
Central Post Office ▶封三, e6

🏠 Raya Puputan路；🕐 周一～周六 8:00～20:00

交警
Police Office ▶封三, d1

可在此申请摩托车驾照。驾驶轻便摩托时一定要佩戴头盔，尽管有些当地人并不遵守这个规定。

🏠 Supratman路；🕐 周一～周六 8:00～12:00

努沙都瓦
Nusa Dua ▶P.126, B11

努沙都瓦位于布基特半岛的东侧，岛上高级酒店云集。

建立一片宾馆区域的构想萌生于20世纪70年代——当时大众旅游业对库塔和萨努尔的负面影响开始显现，因此人们希望将旅游业都集中到一块特定的、适宜的区域。

努沙都瓦最适合那些即便来到"第三世界"国家仍旧追求舒适度的游客：海滨假期，丰富的体育活动（高尔夫、网球、骑马、潜水、冲浪、降落伞），怡人的公园环境，还有管理有序、具有国际水准的酒店所提供的惬意氛围。在餐厅中就餐时可以欣赏到佳美兰音乐和舞蹈表演；可在酒店中预定短途旅行；所有客人都可利用各种设施进行运动或娱乐消遣。

宾馆/其他住处

阿玛努萨酒店
Amanusa

努沙都瓦岛上众多奢华酒店中最低调的一个，隶属于阿曼酒店（Amanresorts）集团；提供拥有绝佳视野和设计时尚的房间；紧邻高尔夫俱乐部。

☎ 03 61-77 23 33；⑩ www.amanresorts.com；🏠35幢别墅；€€€€

地中海俱乐部 🏃
Club Méditerranée

宏伟而秀丽的酒店，提供各种运动设施以及儿童看护服务，食宿全包。

☎ 03 61-77 15 20；⑩ www.clubmed.com；🏠400间客房；€€€€

圣瑞吉斯度假酒店
St. Regis Resort

努沙都瓦岛上最新的奢华酒店，套间就已经非常宽阔了，不过泳池别墅还要更胜一筹；提供佣人服务；设有两家很棒的餐厅和一家非常好的Spa；服务质量很高，细致而周到。

☎ 03 61-84 78 11 1；⑩ www.stregis.com/bali；🏠121间客房；€€€€

贝丽度假酒店
The Balé

比较适合独行的游客。超现代的茅草屋，每间都配有独立的泳池；尽管没有建在海滩上，但是紧邻高尔夫球场，非常安静；设有一个令人陶醉的小SPA；服务非常照顾客人的私密性。

☎ 03 61-77 51 11；⑩ www.thebale.com；🏠26座茅草屋；€€€€

肉桂别墅
Kayumanis

非常具有热带生活风情。每幢宽敞的别墅都设有起居室、浴室、配有空调的卧室以及私人泳池；24小时都供餐；还可在别墅中和沙滩上免费使用自行车。

☎ 03 61-77 07 77；⑩ www.kayumanis.com；🏠20幢别墅；€€€€

威斯汀度假酒店 🏃
The Westin Resort

略有些古板，但占地面积

很大，房间很宽敞；设有各种泳池、网球场、儿童俱乐部、三间餐厅、两个酒吧以及SPA。

☎ 03 61-77 19 06；⦿ www.westin.com/bali；🛏 350间客房；€€€

餐饮
Gourmand Deli

如果在巴厘岛上还想念着巧克力和奶酪的话，圣瑞吉斯度假酒店的Gourmand Deli餐厅可一解你的相思之苦。提供整个巴厘岛上最优质周到的服务，以及最漂亮的野餐篮。

☎ 03 61-30 06 79 9；⦿ www.stregis.com/bali；€€€

Kayuputi

这家餐厅现在已经成为了巴厘岛上的一个交谈主题。餐厅位于沙滩上，建筑明亮而通风，菜肴新潮而精致，甜品超级好吃。

☎ 03 61-84 78 11 1；⦿ www.stregis.com/bali；🕐 每天12:00~24:00；€€€

周边走走

◎ 金巴兰
Jimbaran
▶ P.126，B11

穿过狭长的路桥首先到达的是曾是渔村的金巴兰。村落位于机场以南的白沙海湾上，近些年也建起了一些旅馆。沙滩前的珊瑚礁减弱了海浪，因此在这里游泳不像在库塔那么危险。海滩上有很多主打鱼类菜肴的餐厅。

另外这里还有一座Pura Ulun Siwi庙，庙里收藏着很多巴厘舞蹈面具。

🏠 努沙都瓦西北方向10公里

宾馆/其他住处
四季度假酒店
Four Seasons Resort

坐落于金巴兰海湾末端的奢华度假村，所有别墅都配有独立的小花园以及能看到大海的泳池。

☎ 03 61-70 10 10；⦿ putu.fourseasons.com/jimbaran/bay；🛏 147幢别墅；€€€€

Jamahal Private Resort & SPA

位于僻静的花园中，别墅围绕泳池分布，并且配备的是传统印尼家具。尽管不直接临海，但设有自己的海滩俱乐部和SPA。

🏠 Uluwatu 路 I；☎ 03 61-70 43 94；⦿ www.jamahal.net；🛏 12幢别墅；€€€€

餐饮
Pjs

餐厅隶属于四季度假酒店，可在沙滩上一边听着海浪声一边享用岛上使用木柴烤制的最棒的比萨。

🏠 金巴兰湾；☎ 03 61-70 10 10；⦿ www.fourseasons.com/jimbaranbay/dining.html；€€€

Nyoman Café

金巴兰海滩上众多露天海鲜饭店中的一家。这里会把现捕的鱼放在椰子壳生的火上烤。18时左右这里能看到非常壮观的日落！

🏠 Muaya海滩，Four Seasons路；☎ 03 61-74 60 37 3；€

购物

Jenggala

说到巴厘岛的陶器，就不能不提Jenggala。这里的工厂商店里提供造型各异的陶器，选择面很丰富，但是价格不菲。在酒店的商店里也能买到陶器。

🏠 Uluwatu 路II；☎ 03 61-70 33 11；
🌐 www.jenggala.com；🕐 每天9:00～18:00

◎ 乌鲁瓦图
Uluwatu ▶P.126，A11

半岛的西侧海滩（乌鲁瓦图庙方向）多悬崖和海湾，非常适合冲浪。向布基特行驶时，道路两旁肥沃的水稻梯田都被甩在了身后。半岛贫瘠的石灰岩土地上生长着草原和干枯的灌木，并零星分布着几座村庄。除了传说中的冲浪胜地Bingin和Padangpadang这些地方的简易民宿外，近来也在南部高出海岸的危岩上建立起了奢侈度假酒店。这些酒店都提供优质的服务。就算不愿意花800美元以上的价格在这些地方过夜，至少也要在这里喝一杯酒，欣赏一下美得令人窒息的海景吧。

在半岛的西南方向 Pecatu村附近坐落着巴里岛南部最有名的圣地——乌鲁瓦图悬崖庙（Pura Luhr Uluwatu）✡。这座庙宇已经有1000多年的历史，是巴厘岛的六座主庙之一；此外庙宇外表瑰丽，矗立在离海面100米高的悬崖之上，蔚为壮观，让各方的游客和朝圣者叹为观止。

宾馆/其他住处
Alila Villas Uluwatu

摩登到极致的建筑，其设计与巴厘岛的自然风貌融合得天衣无缝。宾馆使用的所有木材均为可回收材料；房间采用熔岩石屋顶，并通过配备的风循环系统代替空调来维持屋内的温度；花园中种植着典型的地域性植物；设有两家饭店、一家酒吧、泳池及SPA。

🏠 Belimbing Sari路；☎ 03 61-84 82 16 6；
🌐 www.alilavillas.com/uluwatu；🛏 63幢别墅；€€€€

宝格丽度假村
Bulgari Resort

从外部看是一个巴厘岛村庄，内部却是非常细腻的意大利设计。每幢别墅都配备有能看到大海的泳池，并且24小时提供佣人服务。餐厅提供的意大利菜和创新印尼菜，酒吧提供的酒水还有规模很大的SPA均是世界级水准，无愧这个品牌的形象。

🏠 Goa Lempeh路；☎ 03 61-84 71 00 0；
🌐 www.bulgarihotels.com；🛏 59幢别墅；€€€€

◎南湾

Tanjung Benoa　▶P.126, B11

这个小渔村位于努沙都瓦的一角，是这里最主要的水上活动区，非常适合潜水、冲浪和滑水。供游客游玩的水上活动种类非常多而且非常有趣和刺激，例如水上摩托车，香蕉船，Flyingfish。位于海边的Rai海鲜餐厅（€€）以及Tanjung Mekar民宿（🏠 Pratama路；☎ 03 61-7 72 06 30；€）都会组织这些体育活动。除此之外，你还可以乘坐玻璃底船，欣赏海景，到对岸的海龟岛去看一看大海龟、长嘴鸟、鳄鱼、巨蟒、大蜥蜴，可同它们免费拍照留念。在村庄中还有一座古老的中国寺院，这也是巴里岛南部唯一的一座。寺院迄今仍在使用，其见证了几百年来在贸易的推动下中国人进行的迁徙。不想在努沙都瓦住的话，可在这里选择又小又舒适的 Bali Reef Resort（🏠 Pratama路；☎ 03 61-77 62 91；🌐 www.balireef-resort；🛏 28座茅草屋；€€€）入住。

🏠 努沙都瓦以北5公里

餐饮

Bambu Bali

由瑞士人汉斯（Heinz von Holzen）创建，多次被评为岛上最佳巴厘餐厅，此外还提供烹饪课程。

🏠 Pratama路；☎ 03 61-77 45 02；🌐 www.balifoods.com；€€

巴厘岛中部

　　岛屿中部的乌布周边地区最大的特色就是恢弘的神庙以及其他文化旅游胜地。

周边村庄的农民会在乌布集市出售水果和家禽，就算不想买东西，仅来这里逛一逛也是其乐无穷。

巴厘岛中部到处都能看到岛上的特色风光——稻田。作为巴厘岛的中心，乌布及其周边聚集了大量的名胜古迹。

乌布
Ubud　　　　　▶P.126, B9

18 000居民
城市地图▶P.67

乌布曾是梦想回归田园生活的游客的心仪之地：在这里可以接触到巴厘岛的传统艺术文化，欣赏到未受破坏的自然风光。不过如今村庄中游客来往如织，主街上建满了商店、咖啡馆和饭店，再也无法感受到曾经的氛围了。

和从前一样，乌布仍是巴厘岛的艺术中心，村庄及周边地区云集了众多艺术家：舞蹈家、音乐家、木雕工匠，特别是以传统文化为创作主题的画家。德国画家瓦尔特·施皮斯在20世纪30年代来到这里，并与他的欧洲同僚一起将西方艺术风格融入到这里的绘画艺术中；在这方面最具代表性的是内卡艺术博物馆。受施皮斯和他的欧洲同僚影响，绘画主题的选择更趋自由，不再仅局限于传统文化，市集、庙会、舞蹈等皆可入画。除此之外，一个在此居住了六代的皇室家族拥有乌布周边12座庙宇中的九座。遵循印度教传统，这里会举行很多庙会和祭典仪式。

乌布的另一个魅力是它无与伦比的自然风光：山谷、稻田、热带丛林和淳朴的小村庄。气候也舒适怡人，适合长时间逗留，同时也是去巴厘岛南部和中部参观名胜古迹的绝佳出发地。

过去几年里，在爱咏河畔（山谷中的Sayan和Kedewatan村）建起了几座奢华酒店，在此可将周围风光尽收眼底。

宾馆/其他住处

乌布及周边地区有各种价位的住宿地可供选择。民宿、Losmen这些价位低廉或中等的住处通常位于乌布城内；而另一些较为高档的酒店则坐落在周边地区的梯田之上（Kedewatan方向）。几乎所有的酒店都没有具体的地址。

阿曼塔丽度假饭店
Amandari　　　　▶P.67, a1

巴厘岛风格的茅草屋别墅（750美元起）非常舒适，内设休息室和餐厅。在此可将爱咏河河谷与梯田风光收入眼帘。

🏠 Kedewatan；☎ 03 61-97 53 33；
🌐 www.amanresorts.com；€€€€

阿里拉乌布饭店
Alila Ubud　　　　▶P.67, a1北

位于爱咏河畔的棕榈树林和梯田间；从酒店望去风光绚丽。在梯田的一角设有25米长的泳池，值得体验！套房雅致，普通客房也拥有极佳的视野。

🏠 Melinggih-Payangan；☎ 03 61-97 59 63；🌐 www.alilahotels.com/Ubud；🛏 56间客房和8幢别墅；€€€€

巴加旺别墅饭店
Como Shambhala Estate　　▶P.67, a1北

酒店坐落在爱咏河畔的Begawan Giri，距乌布约15分钟车程。不管是标准间（275美元起）还是带泳池的独幢别墅都非常奢华，拥有极棒的疗养服务和纯正的热带丛林氛围！

🏠 Begawan Giri；☎ 03 61-97 88 88；
🌐 www.cse.como.bz；€€€€

山妍四季度假酒店
Four Seasons Sayan ▶P.67，a3

位于爱咏河畔，仅次于阿曼塔丽度假饭店的顶尖酒店。游客到达后可从飞碟型的主楼向下行至爱咏河。宽敞的别墅和客房、高水准的印尼餐厅以及高雅别致的SPA都可在此一一体验。

🏠 Sayan；☎ 03 61-97 75 77；🌐 www.fourseasons.com/sayan；🛏 60间客房；€€€€

Uma Ubud酒店 ▶P.67，b1

有些许的殖民时期风格：布满苔藓的墙壁、拥有花园的明亮房间、拱形透明玻璃，走廊里的藤椅以及晚上烧烤时发出的滋滋声。从半露天式的瑜伽大厅可将河谷风光一览无遗。除此之外还设有宽阔的泳池、酒吧、餐厅和SPA。

🏠 Raya Senggingan路；☎ 03 61-97 24 48；🌐 www.uma.como.bz；🛏 29间客房；€€€€

蜜月之家 ▶P.67，b4
Honeymoon Guesthouse

就像宝石镶嵌在远离喧闹主街的区域；房间小巧朴素但不失雅致，并且可体验巴厘岛的日常生活。设有盐水泳池及开设巴厘岛料理课程的餐厅。

🏠 Bisma路；☎ 03 61-97 32 82；🌐 www.casaluna.com；🛏 19间客房；€€

Puri Saren Agung ▶P.67，c3

位于乌布中心，乌布皇室就居住在附近的皇宫中，使这片区域笼罩在皇室光辉下。

☎ 03 61-97 50 57；🛏 7间客房；€€

Tjampuhan ▶P.67，b3

乌布最传统的旅馆，位于桥右侧河岸边。德国艺术家瓦尔特·施发斯曾住在这里。设有泳池和小型SPA。

🏠 Tjampuhan路；☎ 03 61-97 53 68；🌐 www.tjampuhan-bali.com；🛏 67间客房；€€

乌布乡村度假村
Ubud Village Hotel ▶P.67，b4

美丽的茅草屋，带游泳池，就像它的名字一样充满了巴厘岛乡村风情。

🏠 猴林路；☎ 03 61-97 50 69；🌐 www.theubudvillage.com；🛏 12座茅草屋；€€

Mawar Homestay ▶P.67，b3

屋顶花园餐厅附属的一间民宿型的旅馆，位于村庄的小山丘上的双层建筑里，客房很朴实，价格很便宜。

🏠 Raya Ubud路；☎ 03 61-97 50 86；€

Melati Cottages ▶P.67，a4

位于爱咏河西边的佩列史塔南艺术村，提供单卧室和双卧室的简朴茅草屋；设有泳池、餐厅和冥想厅。

🏠 Penestanan；☎ 03 61-97 46 50；🌐 www.melaticottages.com；🛏 22间客房；€

徒步
猴林

从乌布中心出发沿猴林路向下走，经过路边的小店和餐厅，约15分钟后就可抵达猴林。经过中间的Waringi树向左是猴林庙火葬场，属于Pura Dalem Agung Tegal。另一处更小的庙宇只在举行火葬仪式时才会开放。从这里出发向Padang Tegal方向走，然后从那里沿着Hanoman路向北行即可重新回到乌布。Hanoman路的两旁分布着巴厘艺术家的住所、酒店以及设有Kulkul的Bale Banjar（行程需要1~1.5小时）。或经猴林后向右走抵达艺术家村庄蜡染村（Pengosekan），在蜡染村向左沿着通向登巴萨的道路前行，到达Agung Rai美术馆后

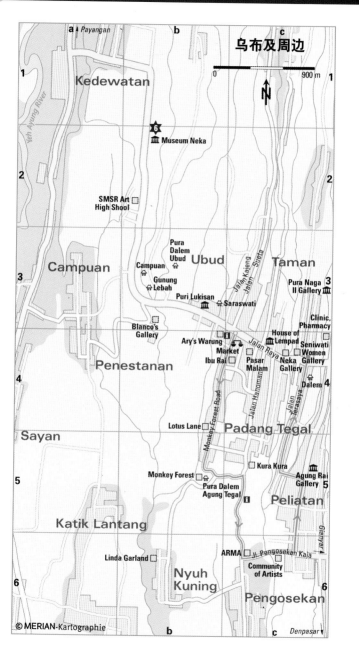

乌布及周边

0 900 m

N

a Payangan

Kedewatan

Yeh Ayung River

Campuan

Museum Neka

SMSR Art High Shool

Pura Dalem Ubud

Campuan
Gunung Lebah

Ubud

Puri Lukisan
Saraswati

Taman

Pura Naga II Gallery

Clinic, Pharmacy

Blanco's Gallery

Ary's Warung
Market
Ibu Rai
Pasar Malam

Jalan Raya

House of Lempad
Neka Gallery

Seniwati Women Gallery

Penestanan

Jalan Kajeng

Jalan Sneta

Jalan Hanoman

Monkey Forest Road

Jalan Terasasa

Dalem

Sayan

Lotus Lane

Padang Tegal

Kura Kura

Agung Rai Gallery

Katik Lantang

Monkey Forest
Pura Dalem Agung Tegal

Peliatan

Gianyar

Linda Garland

ARMA
Community of Artists

Jl. Pengosekan Kaja

Nyuh Kuning

Pengosekan

© MERIAN-Kartographie

b

c

Denpasar

抵达安东尼奥•布兰科（Antonio Blanco）画室，从那里出发返回乌布（耗时约1.5小时）。

MERIAN小贴士 ⑧

Sua Bali ——体验巴厘岛
▶ P.126，C9

在离喧闹的旅游中心不远的地方（从乌布出发往Gianyar方向7公里），巴厘岛日耳曼语言学者Ida Ayu Agung Mas开辟了另一个度假的好去处：Sua Bali。在这里可以全身心放松，亲身体验巴厘岛的村庄生活，另外还能学习烹饪巴厘菜肴。

🏠 Desa Kemenuh；☎ 03 61-94 10 50；
💻 www.suabali.co.id；💲 单人间54美元，标准间33美元每人。

左转，沿小路返回乌布（耗时约2小时）。

Bali Bird Walks

乌布周边的鸟类有上百种，而这条穿过稻田和森林的美丽小径上就有30种，另外还有罕见的蝴蝶和野生植物。每周二、周五、周六、周日9点左右集合参观。

🏠 Tjampuhan路；☎ 03 61-97 50 09；
💻 www.balibirdwalk.com；💲 33美元，含午餐（包括午餐在内大约耗时4.5小时）

佩列史塔南村

从布兰科文艺复兴博物馆（Blanco-Museum）后的Campuan出发，向左沿山向上步行1000米左右便可抵达佩列史塔南村。村庄位于森林中的一条小河旁，步行到村庄的路上会路过很多民宿。在Sayan经过通往Kedewatan的道路，然后向左转，沿着爱咏河穿过梯田。在这里可以亲身感受到乌布美术作品中的氛围：山坡上葱郁的森林、河谷下稻田里辛勤劳作的农民。然后沿左侧的小路折回Sayan，再次经过Kedewatan，来到另一条森林小径，途径两条河流以及稻田后

景点

乌布植物园
▶ P.67，c2
Botanic Garden Ubud

三年前，德国人斯特凡•赖斯纳（Stefan Reisner）在乌布中心以北2公里处的Kutuh Kaja建立了这座小巧迷人的植物园，在此可一窥巴厘岛的植物世界。

🏠 Kutuh Kaja；☎ 03 61-746 33 89；
💻 www.botanicgardenbali.com；⌚ 每天8:00~18:00

艺术家社团
Community of Artists
▶ P.67，c6

从乌布出发步行30分钟可抵达蜡染村，其位于猴林的南边，艺术家德瓦•巴图安（Dewa Batuan）在这里建立了一座美术学校。可以看到很多的年轻学徒在此作画。

⌚ 每天8:00~17:00

青年艺术家之村
▶ P.67，a4
Dorf der jungen Kuenstler

20世纪60年代画家阿里•斯密特（Arie Smit）在佩列史塔南村建立了一所"青年画家学校"，所有学生都来自农村，他们的出身环境也影响了他们的绘画选题。在通往Kedewatan的路旁坐落着安东尼奥•布兰科的画室，屋后左侧的台阶通向稻田的美丽小径，走过小径即可抵达佩列史塔南村（约2公里）。

猴林
Monkey Forest
▶ P.67，b5

从十字路口（皇宫/集市）

出发，沿猴林路向南行大约15分钟便可抵达猴林。在三岔路口处有一棵硕大的豆蔻树，猴群就栖息在树上。这里有三条路，其中一条路穿过被豆蔻树掩映着的大门，延伸至一条小河和一座庙宇，庙宇附近有水池可下水。在森林入口的小屋处需花10 000卢比购买门票，并接收捐赠。

Pura Dalem Agung Padang Tegal
▶P.67, b5

这座庙宇位于猴林的边缘，寺庙的女祭司们就居住在一旁的Warung中。进入寺庙，内院的大门前有一只被两条蛇缠绕的巨大乌龟雕塑。七尊令人敬畏的让特（巫师）看守着大门，寓意着这是一座象征死亡的庙宇。

乌布皇宫
Puri Saren
▶P.67, c3/4

位于集市正对面，处于乌布中心区域。这里保存着Kris（仪式匕首）和猴神哈努曼的面具。每周一19:30这里都会举行传统的黎弓舞表演。

博物馆
蓝帕德工作室
Lempads Haus　▶P.67, c4

在主街曾经住着乌布最活跃、最有趣的画家蓝帕德，如今他的住所被改建成了博物馆。蓝帕德逝世于1978年，活了116岁；在他逝世后不久，他的好朋友画家鲁道夫·博内特和乌布王子也相继去世。当时为这三个人举行了非常隆重的葬礼仪式。

🕐 每天8:00～18:00；💲门票免费

内卡绘画博物馆
Malereimuseum Neka　▶P.67, b2

离开乌布，经过Campuan向Kedewatan方向走，大约2公里后便可抵达。这座博物馆6建于1982年，13个展览室详尽展示了1900年至今巴厘岛绘画艺术的发展。其中一些展览室用于纪念给巴厘岛绘画艺术带来深远影响的欧洲艺术家们：鲁道夫·博内特、瓦尔特·施皮斯、阿里·斯密特和汉·斯奈尔。

🅦 www.museumneka.com；🕐 周一～周六9:00～17:00，周日12:00～17:00；💲20 000卢比

猴林中栖息在豆蔻树上的猴群，非常喜欢游客喂食。

鲁基桑博物馆（绘画宫殿）
Puri Lukisan (Palast der Malerei)
▶P.67, b3

位于乌布中心萨拉丝瓦蒂庙（Puri Saraswati）后的公园中，由三座建筑组成。这座美术博物馆是由当时的乌布王子Cokorda Gede Agung Sukwati在画家鲁道夫•博内特的提议下于1954年建立的。博物馆的十个展厅展示了丰富的巴厘岛绘画作品，其中很多展品都对外出售。

🏠 Raya路；⏰ 每天8:00~16:00；$ 20 000 卢比

餐饮

Mozaic Restaurant

"米其林美食指南"将这家餐厅誉为整个小岛最棒的餐厅。主厨克里斯•萨伦斯（Chris Salans）曾在美国和法国的高级餐厅掌勺，为喜爱美食的游客提供各种新鲜佳肴，在巴厘岛堪称独一无二。不过价格很贵！

🏠 Raya Sanggingan路；☎ 03 61-97 57 68；🌐 www.mozaic-bali.com；⏰ 每天晚上18:00起；€€€

艾尔餐厅
Ary's Warung
▶P.67, b4

位于乌布最中心区域，位置优越，视野非常好。一楼供应新潮印尼菜式。

🏠 乌布主街；☎ 03 61-97 50 53；🌐 www.dekco.com；⏰ 每天10:30~22:00；€€

Coffee & Silver
▶P.67, b5

丹麦人卡尔斯滕•约根森（Carsten Jorgensen）在猴林路经营的另类餐厅，可在餐厅的屋顶品尝欧洲风味的美食。每周二有现场爵士乐表演。

🏠 猴林路；☎ 03 61-97 53 54；€€

Kafe Batan Waru
▶P.67, c4

在乌布很具人气的聚会场所，气氛甚佳，时常爆满；提供欧洲和印尼风味的佳肴。

🏠 Dewi Sita路；☎ 03 61-97 75 28；🌐 www.baligoodfoods.com；⏰ 每天8:00~24:00；€€

Pignou di Penyu
▶P.67, c4

这家餐厅犹如被埋藏的珍宝；提供法国乡村菜式以及印尼特色菜。

🏠 Goutama路；☎ 03 61-97 25 77；⏰ 周日不营业；€€

Three Monkeys餐厅
▶P.67, b4

在这家地中海式风情的餐厅可以欣赏到迷人的稻田风光，口碑超好的冰淇淋值得品尝，只是略有些贵。

🏠 猴林路；☎ 03 61-97 55 54；€€

乌布东南方向著名的象窟（▶P.74）建筑群，其中有一座热带丛林风格的公园。

莲花咖啡厅
Lotus Café　▶P.67, b/c3

这家半露天式咖啡厅坐落于乌布中心地带，在这里能品尝到各种巴厘和欧洲风味的菜肴，以及意大利通心粉、沙拉、有机食品以及酸奶。

☎ 03 61-97 56 60; 🌐 www.lotus-restaurants.com; ⏰ 除周一外每天11:00~21:30; €€/€

KAFE　▶P.67, c4

有机食品、健康饮食、瑜伽、音乐以及注重健康的营养搭配，这些都使KAFE成为了乌布咖啡馆的潮流风向标。

🏠 Hanoman路; ☎ 03 61-780 38 02; 🌐 www.balispirit.com; €

Murnis Warung　▶P.67, b3

这家餐厅位于Campuan的一座老式吊桥旁，依山而建，分为三层。除了印尼菜外，还提供酸奶、鳄梨色拉、意式宽面，以及自制的蛋糕和点心。

☎ 03 61-97 52 33; 🌐 www.murnis.com; €

夜市
Pasar Malam　▶P.67, c4

乌布中心的夜市从18:00开始供应各种餐饮。

购物

乌布主街和猴林路两旁布满了小店，出售的商品大同小异：木雕、服饰、纱笼、织物、首饰等。

疗养
Botanica SPA

朴实小巧的SPA，护理室采用半露天式设计，提供草药按摩、各种洗浴以及阿育吠陀养生；还设有理发店和美容沙龙；价格合理。

🏠 Raya Sanggingan路; ☎ 03 61-97 67 39; 🌐 www.balibotanica.com; ⏰每天9:00~20:00

Maya Ubud SPA

玛雅酒店的这家SPA位于河畔，在这里可以体验各种面部护理、身体去角质和按摩，能在开阔式设计的SPA别墅中接收一整套服务；价位中等。

🏠 Peliatan, Gunung Sari路; ☎ 03 61-97 78 88; 🌐 www.mayaubud.com; ⏰ 每天8:00~18:00

Kirana SPA

估计乌布王子也想在此建造他的行宫。这处梦幻般的SPA花园位于一片热带丛林中，距乌布约15分钟路程，建有别墅、套间、泳池和浴池。所有护理项目都使用的是资生堂产品，价位比较高。

🏠 Kedewatan; ☎ 03 61-97 63 33; 🌐 www.kiranaspa.com

夜生活
Jazz-Cafe　▶P.67, c4

气氛非常好，可以欣赏到黑人爵士、爵士、拉丁和蓝调等各种风格的音乐。周二~周日19:30开始有乐队现场表演。

🏠 Sukema路; ☎ 03 61-97 65 94; 🌐 www.jazzcafebali.com; ⏰ 17:00~24:00, 周一不营业。

凯卡克舞表演　▶P.67, c4

切蒂俱乐部度假村（The Chedi Club）每周二和周五会在其露天剧场进行凯卡克舞表演。会有90个舞者来表演火焰舞。表演后酒店会提供传统巴厘风味的晚餐。费用含晚餐共为35美元左右，须提前预约！

🏠 Tanah Gajah; ☎ 03 61-97 56 85; 🌐 www.ghmhotels.com

Ozigo Bar　▶P.67, b2

乌布唯一一个聚集了很多年轻人的酒吧。每天晚上22:00起会有乐队现场表演，之后还有多个DJ现场助兴。

🏠 Raya Sanggingan路; ☎ 03 61-97 47 28; 🌐 www.ozigobarubud.co.cc

舞蹈和戏剧

　　舞蹈是巴厘人最重要的表达方式之一，并且与他们的宗教信仰有着密不可分的联系。

　　庙会、生日、婚礼或者火葬仪式都可以是舞蹈的缘由。真正的巴厘戏剧或舞蹈表演往往要持续一整晚；另一种是专门向游客展示的舞蹈，虽然还是源于宗教信仰和传统风俗，但是舍去了仪式过程。这种舞蹈已依据客人的喜好进行了编排和裁剪，通过简洁现代的方式呈现传统宗教舞蹈中的片段。

圣洁女神与战斗舞蹈

　　各种舞蹈中巴龙舞尤为受欢迎，这是一种用于驱逐妖魔的舞蹈，描述的是幻兽巴龙和巫师让特之间的难分胜负的争斗。对于巴厘人来说，这两个形象代表了存在的两个对立面：善与恶。而巴厘人生活方式的本质就建立在对于善恶斗争的认知之上。巴龙的身躯长达3米，这只毛发蓬松、半狗半狮的幻兽由两名男性装扮而成，他们必须借由有韵律的动作来使幻兽的形象鲜活起来。由于装扮服饰被注入了魔力，因此必须由村庄的寺庙予以保管。

　　巴厘岛最美的舞蹈非黎弓舞莫属。Legong代表的是神话故事中的女神。这种舞蹈仅能由14周岁以下的女孩表演。她们身着金色纱笼，脖子到腰部缠裹金色锦缎，头戴饰有鸡蛋花（Frangipani）的金色头冠。舞蹈时她们需要用到全身的各个部位：双腿、双脚、双臂、十指、头部甚至于眼睛，风姿卓越，美不胜收。

Legong这个词由"leg"（柔软灵活的动作）和"gong"（佳美兰配乐，)两部分组成。通常这个舞蹈描述的是兰开纱俪（Rangkesari）公主迷失在喇喀什澜王（Lakesmi）的森林中的故事，残暴的国王掠走了公主，并企图迷惑她，但是并没有成功。公主的兄长鞑哈（Daha）王子听说此事后非常愤怒，随后对喇喀什澜王宣战。可是在出征的途中鞑哈遭到了一只金翼乌鸦的袭击——这是一个噩兆，因为此后不久王子便在战斗中殒命。

对应黎弓舞的还有勇士舞（Baris Gede）这种由男性表演的战斗舞蹈。两支手持武器的队伍身着白色或黑白菱格的纱笼，头戴传统的白色头巾，面对面站立，利用舞蹈动作和极富表现力的脸部表情佯装斗争，从而展示他们骄傲、无畏和不顾生死的性情。这种舞蹈通常会在火葬仪式时的庙宇中表演。

岛上最古老的民间艺术当属皮影戏，通常在晚上表演，借由木条和皮革制成的可活动的平面人形来展现神话传说中的故事。这些神话故事中着力刻画了印度史诗《摩诃婆罗多》（Mahabharata）以及《罗摩衍那》中曾出现的英雄、神明以及魔鬼，并且强调信仰的传承。

许多舞蹈和戏剧都由传统的佳美兰乐团进行伴奏。乐团人数仅相当于欧洲乐团的一半左右，却在演奏中融合了笛子、琉特、齐特琴以及锣钟、木琴、铁片琴等乐器，缔造出美妙而又和谐的旋律；演奏遵循的规则与西方音乐完全不同。1889年巴黎世博会上佳美兰乐队首次亮相于世，引起了极大的轰动，并对包括克劳德·德彪西（Claude Debussy）和莫里斯·拉威尔（Maurice Ravel）在内的作曲家们造成了深远的影响。

在www.bali-events.com和www.baliartsfestival.com这两个网站可以查询到每年六月和七月举行的节日的详细时间表。

◀古老的神话传说在广受欢迎的皮影戏中重新获得了生命。

服务
旅游信息 ▶P.67, b/c4
Tourist-Office Bina Wisata

🏠 主街莲花咖啡厅正对面。☎ 03 61-97 32 85；⏱ 除周日外，每天8:30~21:00

货币兑换
当地有很多货币兑换商。

周边走走

◎ 象窟
Goa Gajah ▶P.126, B9

从乌布出发向登巴萨方向行，经过Peliatan可以看到指向象窟的路牌。沿一段陡峭的台阶往下行便可抵达洞窟。这块遗迹的历史可追溯到8世纪，是巴厘最古老的文物古迹，直至1923年才被发现。洞窟是一块硕大的岩石，入口就像是一个巨大的恶魔张开的大口，而它的爪子仿佛要将崖壁撕开。洞窟内明亮，左边是约1米高的象神伽内什（Ganesha）的雕像；右边的一块石板上树立着三个男性生殖器图腾，象征着印度教的三位一体神——湿婆。

洞窟前面的圣泉池直到1954年才被发掘，六尊女神石像手捧水瓶，泉水则从水瓶流淌至水池，这与洞窟入口处的雕像所展现的寓意截然不同。

🏠 乌布以南4公里；💲 10 000卢比

◎ 卡威山王陵
Gunung Kawi ▶P.126, B9

象窟旁边的卡威山王陵 ❤ 是巴厘岛最大的石窟遗迹，其历史可追溯至11世纪。从坦帕西林（Tampaksiring）出发向南行1.5公里即可抵达。王陵坐落在陡峭山谷中的水稻梯田中间，是在山壁上整体凿刻而成，并且一眼就能看出是爪哇风格。陵墓群高约7米，分布在河流的两侧，一侧四座，另一侧五座，另有单独的一座建在山谷中，那里是阿纳克•翁苏（Anak Wungsu）国王和他两位妻子及儿子们安息之处，他曾在1049~1077年统治过巴厘岛。对面的四座庙宇则用于安葬国王最宠幸的情人们。对于这座石窟以及象窟的形成，巴厘人有他们自己的解释：他们认为是传说中的巨人Kebo Iwo用他的指甲在岩石上抓刻出来的。

建筑群中还包括隐居者居住的洞窟，以及一座庙宇。

🏠 乌布东北方向13公里

◎ 佩京
Pejeng ▶P.126, C9

巴厘岛上再没有别的地方像佩京及其周边地区一样拥有如此多的古迹。这里大概有40座古老的庙宇。在佩京和Bedulu之间还坐落着巴厘岛考古学博物馆（仅上午开放），值得一去。

佩京有一座名为Pura Panataram Sasih的庙宇，它是巴厘岛6大重要庙宇之一。庙里尤其值得一看的是被称为"佩京之月"的世界最大的青铜鼓，它是印尼青铜器时代流传下来的文物，其历史可追溯到公元前约300年。可惜它的上部正好被寺庙的塔楼遮挡住，很难看到全部。

巴厘人把"佩京之月"视作圣物，并为其供奉了很多供品。传说它从天而降，落在一棵大树上；这个奇特的物体发出的耀眼光芒干扰了一个正在行窃的扒手，并且借由爆炸对他的罪恶举动进行了惩戒——这也正好解释了鼓上有裂痕的原因。事实上，对于大鼓是在印尼铸造还是来自其他国家从古至今一直存在着争议。

另外，佩京以南还有一座被称为"水牛庙"的Pura Kebo Edan庙，庙里矗立着一尊4米高的Bima神像以及各种守门恶魔。一根巨大的男性生殖器官雕像尤为惹眼，体现了当地传统的性崇拜文化。在距此处不远的Pura Puser Ing Jagat庙里还可以欣赏到别具一格的浮雕。

🏠 乌布东北方向5公里

◎ Pujung/Sebatu ▶P.124，C8

从乌布出发向京打马尼方向行驶即可抵达木雕之城Pujung。除了最常见的木雕香蕉树外，这里也制作"仿古玩"木雕，并在乌布、库塔和萨努尔的市场上出售。

在Pujung右转可进入另一个小村庄Sebatu，卡威山王陵的庙宇就位于这里的山谷中。村庄风景如画，另外还分布着很多水池，很适合玩水。

🏠 乌布以北14公里

◎ Tampaksiring and Tirta Empul ▶P.124，C8

从Pujung和Sebatu出发向东

南方向走，几公里路程便可到达坦帕西林（Tampaksiring）。20世纪50年代建造的Sukarno宫以及政府开设的招待所就坐落于此。不过坦帕西林最出名的还是它的圣泉（Tirta Empul），据说这里的泉水拥有奇特的疗效。从坦帕西林出发，沿着通往京打马尼的道路步行大约1公里就可抵达圣泉。据碑文介绍，这块圣地建立于公元962年，泉水分别流入两个水池（一个供男性使用，另一个供女性使用），具有神奇的疗效。此处的圣泉寺也被誉为巴厘岛最神圣的6个庙宇之一。

🏠 乌布东北方向15公里

◎ Yeh Pulu ▶P.126，B9

从Bedulu或者象窟出发，步行穿过一片稻田便可来到Yeh Pulu。在这里可以欣赏到14世纪创作的石壁浮雕。这座浮雕1925年才被发现，全长约40米，描绘了各种各样的主题：象神、战争场景、与一名女子聊天的手持斧子的男人。这些与真人等大的浮雕展示了日常生活中的场景，与很多爪哇庙宇中的作品类似。关于浮雕的故事内容至今没有统一的说法，但很可能是描述至尊人格神首奎师那（Krishnas）的生活片段。浮雕一直延伸到一个隐居者山洞。Yeh Pulu只能通过步行的方式到达，需要花费30分钟，因此到访的游客一直不是很多。

🏠 乌布以东5公里

巴厘岛东部

阿贡火山主宰着巴厘岛的东部：被熔岩染成黑色的海滩便是很好的印证。

阿曼奇拉酒店（▶ P.77）这座位于芒吉斯海湾的酒店就仿佛天堂一般：游泳上岸后会有酒店安排的服务人员递给你毛巾和冰水。

阿贡火山主宰并威胁着巴厘岛的东部地区，1963年的大爆发所造成的影响延续了很长时间，使得这块土地至今仍是巴厘岛最贫困的地区。火山的熔岩区一直延伸到黑色的海岸。

这一地区的首府原本叫做卡朗阿森，1963年火山爆发后人们认为这是个不详的名字，于是将其更名为安拉普拉，希望新的名字能够让恶魔绕道而行。这一地区聚集了很多重要的王侯领地，领地的住民为伊斯兰信徒，因此巴厘岛上的清真寺也多位于这里。

从20世纪80年代起，巴厘岛东部一直吸引着想要逃离喧嚣、追寻安静和放松的游客。在久负盛名的甘地达萨、方兴未艾的艾湄湾以及附近的小村庄，你既可以享受惬意的海滨假期，也可在其中安排一些短途旅行游览一下周边景点。

甘地达萨
Candi Dasa　　▶P.127, E9

甘地达萨并不是自然形成的渔村，原是一块缓缓倾向大海的白色海滩。20世纪80年代初，人们在近海的一侧建满了简陋的茅草屋；现在这些茅草屋和酒店、餐厅、小吃摊、潜水学校、照相馆和纪念品小店以及快餐店一起镶嵌在海岸边的道路两侧。

不过茅草屋的兴建给海滩造成了很大的创伤；同时珊瑚暗礁也遭到破坏，同样给海滩带来了不良的影响。

近些年来人们尝试着拯救这片海滩：在深入大海的位置建起混凝土防波堤，并从爪哇运来沙子堆在海滩上。不过这些努力还是无法让海滩恢复到从前美丽的样子。每当退潮时这里总会给人一种荒凉之感；在海滩上漫步时需要穿鞋，防止被珊瑚的碎片或碎石扎到脚。涨潮时可以游泳，但是比较危险。

尽管如此，海滩周边的景致还是令人向往：不远处就坐落着努萨培尼达岛，其左侧是四个光秃秃的、若隐若现的小岛，右侧是一处岬角。另外1994年在八丹拜和甘地达萨之间的海湾建起了一座油港，时而会有油船沿着海湾行驶，或许让人扫兴。

在八丹拜和甘地达萨之间的芒吉斯海湾有一片美丽的海滩。尽管这里的沙子被熔岩染成了黑色，但是这里还是可以游泳、潜水和浮潜。这附近既有奢侈的酒店，也有小型的民宿，各种预算都能找到适宜的住处。

宾馆/其他住处
芒吉斯：
阿曼奇拉酒店
Amankila

建在海边山丘上的奢侈酒店，建筑气势恢弘，设施豪华，环境幽静。每天下午会在分成三级的游泳池边提供茶水。在山丘下的海滩上拥有专属的海湾，并设有泳池。另外还有两艘专属的游船，旅客可乘船去进行浮潜等活动。

☎ 03 63-4 13 33；❻ www.amanresorts. com；🛏 40座茅草屋；€€€€

阿里拉度假村
Alila

度假村的建筑融合了巴厘岛和现代元素，木制和石制结构并存，几何感很强的设计与自然景致交相辉映。花园静谧并设有泳池，从房间中就能直接看见花园中的景色。此外还设有酒吧、餐厅以及很棒的SPA。

🏠 Buitan；☎ 03 63-4 10 11；🌐 www.alilahotels.com/Manggis；🛏 56间客房；€€€€

Nusa Indah

带有花园的私密茅草屋别墅。设有带按摩浴缸的小泳池，在专属海湾边有一段迷你沙滩。宾馆中没有餐厅。

🏠 Pura Segara路；☎ 03 63-4 10 62；🌐 www.nusaindah.de；🛏 5座茅草屋；€€

甘地达萨：
普里巴古斯酒店 🚶
Puri Bagus

巴厘岛风格的度假酒店，在花园中有各种大小的茅草屋。设有餐厅、泳池、儿童泳池，以及小巧精致的SPA。

🏠 Samuh, Puri Bagus路；☎ 03 63-4 11 31；🌐 www.puribagus.net；🛏 46幢别墅；€€€

Kubu Bali

同名餐厅沿山坡处坐落着一片朴实的茅草屋，其中一部分视野很好，能直接眺望到大海。设有泳池和漂亮的花园。

☎ 03 63-4 15 32；🌐 www.kububali.com；🛏 30座茅草屋；€€

The Watergarden

酒店不在海滩上，但是每座茅草屋的露台前都有一个专属的池塘。在田园般安逸的花园中还另设有一个泳池。

🏠 Raya Candi Dasa路；☎ 03 63-4 15 40；🌐 www.watergardenhotel.com；🛏 13座茅草屋；€€

Aquaria

位于东部市郊的小酒店，紧临大海，设计简约而富有现代感。酒店配有的餐厅供应非常地道的本地菜肴，泳池旁时而会有"鸡尾酒时间"。

🏠 Samuh, Puri Bagus路；☎ 03 63-4 11 27；🌐 www.aquariabali.com；🛏 9间客房；€

徒步

从甘地达萨出发可沿着山丘向坦加南方向漫步。先沿Idas民宿对面的小路前进，然后沿着陡坡爬上山，在山脊上可以欣赏到壮观的海景（耗时约3小时）。

退潮时可沿着海滩向东行至海湾尽头，或沿海滩向西行至芒吉斯村的Balina Beach Hotel（向西行耗时约1.5小时，向东行为30分钟左右）。

餐饮

几乎所有的酒店和民宿都设有小餐厅，其中有一些尤其值得推荐。

Seasalt Restaurant

住在阿里拉度假村时吃掉的东西会比在别的地方要多得多，因为实在是太好吃了；酒店也因此吸引了很多回头客。这里供应最棒的东海岸特色菜，价格还算公道。

🏠 芒吉斯；☎ 03 63-4 10 11；🕐 每天 7:00～23:00；€€€

Watergarden Kafe

隶属于同名酒店的餐厅，采用开阔式的设计。种类丰富的世界各国菜肴以及印尼菜肴令人眼花缭乱，价格也很合理。来自巴厘岛的主厨曾在世界各地的高级酒店中掌过勺。

🏠 Raya Candi Dasa路；☎ 03 63-4 15 44；€€€

夜猫子们可能会对这里感到失望：23:00左右人们就休息

阿贡火山山脚下是梦幻般的绿色梯田。

了；饭店的营业时间大体上是从11:00~22:00。.

服务

旅游信息

No Problem

这家小型的旅游信息咨询处也提供交通服务。

☎ 03 63-4 11 10

货币兑换

在Candi Dasa Beach Hotel的入口处及对面都有货币兑换商。

周边走走

◎ 安拉普拉（卡朗阿森）
Amlapura（Karangasem）

▶ P.125，E8

位于安拉普拉的宫殿是巴厘岛上最美的王族居所之一。这座宫殿由阿纳阿贡•格德•泽兰提克于19世纪末兴建，建筑融合了巴厘岛、中国和欧洲的风格元素。除了一些尚有人居住的建筑外，宫殿的其他部分都对游客开放（20 000卢比）。卡朗阿森的最后一位王侯钟爱四周环水的城堡，因此他于1921年在距安拉普拉以南4千米的海边建起了水上宫殿Ujung。尽管受到地震和火山喷发的破坏这里一度只剩下了残垣断壁，不过经过一番修葺后依旧是别具风情，就算在这里漫步一个小时也不会有无聊的感觉。此外安拉普拉以北5公里处还坐落着另一座宫殿：蒂尔塔冈加意为"恒河的圣泉"。这处皇家水宫兴建于1947年，最初是作为皇族们的休养地，建有多个水池；其中一个饰有雕像的水池允许游客嬉水。

🏠 甘地达萨以东10公里

◎ 阿贡火山
Gunung Agung

▶ P.125，D8

想要攀登这座山脉的话，可选择从布撒基出发，或者从Selat以北的Sebudi村出发。从甘地达萨驾车前往这两个地方都需要1.5小时，乘坐Bemo的话还要花费更多的时间。攀登时请务必雇用一个向导。下雨的时候最好放弃攀登计划，因为某些陡峭的路段因下雨而非常的滑。

最好能选择一个满月之夜进行攀登，这样就能准时在山顶看到日出。请带好手电筒、足够的水和干粮，穿着结实的鞋子并佩戴好帽子或头巾。从Sebudi村开始攀登要相对容易，需要约4个小时，从布撒基出发的话需要花费约6个小时。

🏠 甘地达萨以北40公里

宾馆/其他住处

Mahagiri全景酒店

非常适合作为登山的出发点，房间简洁干净，从走廊上就能看到宏伟的阿贡火山以及山前的稻田。除了爬山外还提供漂流行程。

🏠 Rendang；☎ 081-23 81 47 75；🌐 www.mahagiri.com；🏠 6间客房；€€

◎ 八丹拜

Padangbai   ▶P.127，D9

八丹拜港位于甘地达萨和克隆孔之间，是国际船运航线的中转站。此外还停泊着驶向龙目岛的渡轮。港口坐落于群山环抱的美丽海湾，沿海还分布着一些少有人去的浴场。

从港口出发向东行，可以找到一些坐落在海边的小旅馆和餐厅。

宾馆/其他住处

Bloo Lagoon Village

位于八丹拜港上方不远处，是由澳大利亚建筑师托尼·格威廉设计的特色度假村。26幢别墅外形各异，与自然景观完美融合。在泳池边可与别的住客交谈。视野开阔，能够眺望到八丹拜和甘地达萨。

🏠 Silayukti路；☎ 03 63-4 12 11；🌐 www.bloolagoon.com；🏠 26间客房；€€€

◎ 坦加南

Tenganan   ▶P.127，E9

300居民

穿过一道狭窄的门才能进入这个小村庄❸。这里的Bali-Aga族族人将现代文明远远阻挡在了村外。不过他们也没有完全执拗于田园生活，为了生意好做，还在村落西侧的主干道尽头摆设了大量的货摊，也正是这些货摊才能让来访者想起自己并不是穿越到了另一个时代。水牛在草地上吃草，雄鸡在笼子中鸣叫，孩子们则在木头搭建起来的"大转轮"上玩耍。道路中央设有Bale，用来充当集会大厅、学校以及米仓。

村民都必须服从严格的群体制度，根据婚姻状况、性别以及年龄每个人被划分到不同的村庄组织。这座约300人口的小村庄拥有广阔的稻田，邻村的巴厘人会负责耕种这些土地，并将收成的一半上交给Bali-Aga族。这样一来村民便可把更多的时间用来举行各种祭典和仪式，以及花到他们的封建生活方式上：舞蹈、音乐、战斗仪式、饲养斗鸡（最好的斗鸡是粉红色的！）、棕榈画，以及双面伊卡织布。双面伊卡织布是这个村的特有织物，其图案有驱邪避凶的性质，人们只在举行特殊的仪式或有特别缘由的情况下才会穿戴。其制作工艺极其复杂：生产一块织物需要花费一个妇女5~10年的时间。

从甘地达萨和八丹拜之间的海岸大道出发，行驶约15分钟后即可到达一条伸向山中的支路，这条支路通向坦加南。如果不驾车前往的话可以在海滩大道乘坐Bemo。在村庄入口处可进行捐赠。

🏠 甘地达萨以北5公里

克隆孔
Klungkung　▶ P.127, D9

20 000居民

这座位于岛屿东南部的小城在两百多年的时间里一直声名在外、光彩夺目；不幸的是在20世纪初期被荷兰人带来的战火所摧毁。

1702年，原本位于Gelgel村的Gelgel王朝的王室迁移到了克隆孔❾，巴厘岛上地位最高的王侯Dewa Agung在这里建起了宫殿。Gelgel王朝的宫殿历来是艺术的中心，很快舞蹈家、音乐家、画家以及建筑家们便开始在新的宫殿中一展所长。根据王侯的意愿，司法亭也被迁移到了这里。司法亭（▶ MERIAN小贴士，P.82）如今已经成为了一个景点。即使是在荷兰人统治时期，这里依旧是由三名婆罗门阶级的祭司进行裁决。

Dewa Agung很早（1841年）就了解到了荷兰人对岛屿的占领，并期望不要卷入其中。可是在20世纪初荷兰人开始干涉岛屿的内部事务，军事冲突随之爆发。

在与荷兰殖民者的斗争中，王侯与其追随者在1908年选择"誓死抗争"，战争最后只有少数人幸存了下来。荷兰人将宫殿摧毁成了碎片和灰土，仅留下了兵营大门和监狱，以此彰显他们强大的军事实力。

向安拉普拉方向去时也会路过克隆孔。现在这里颇具中国风情，能见到多层的中国食品店以及餐厅。这座城市最热闹的区域还要属市集，其每天会一直营业到下午早些时候。

购物

在克隆孔有很多古玩小店，出售的商品包括木雕纪念品、银饰和布料。在市集闲逛也是饶有趣味，它们每天会一直营业到下午早些时候，想去的话可在司法亭（▶ MERIAN小贴士，P.82）边上右拐，左侧就是集市。

周边走走

◎ 布撒基
Besakih　▶ P.125, D8

在阿贡火山一侧海拔约1000米处坐落着巴厘人的母亲庙——布撒基寺❿，她是巴厘岛上最大也是最神圣的庙宇。想从甘地达萨出发前去观光的话，需要单独安排出一天的行程。最好能在清晨前往，这样就能把整个阿贡火山的景色尽收眼底。不过这里不是一个安静的、适合沉思的地方：必须要穿越小商贩们的火力十足的吆喝声才能抵达这座庙宇。

古老的文献中早在11世纪（工业时代之前）就记载过这座万物有灵论者的神庙。之后Gelgel王朝又在此供奉他们的女祖先。现如今所有的王侯家庭都要负责维护这一片庙宇。他们每年都会在一个满月之夜来这里进行朝圣，并以全体巴厘人民的名义奉上供品。

MERIAN小贴士　❾

花园岛/司法亭　▶P.126，C9
Taman Gili / Kerta Gosa

花园岛（Taman Gili）位于克隆孔，这里的湖泊和岛屿均为人工建造。司法亭（Kerta Gosa）就位于花园岛入口处的左侧，其兴建于18世纪末，由两座建筑组成。原本用作审判场所的建筑位于较高处，其天花板上的皮影戏风格的绘画非常独特，值得一看。绘画的上半部分则是呈现"善良的灵魂"所沉浸于的无限欢愉；下半部分是向待受审的犯人展示"死囚"会受到的酷刑，以此作为警示。

庙宇群穿过大片的梯田，总共包含30多座寺庙和神龛。各个院落之间都以台阶相连。在第三个内院中除了梵天、湿婆、毗湿奴等神明外还供奉着神圣的三位一体神。

每年三月或四月的一个满月之夜（静居日过去两周后）都会举办盛大的节庆活动。岛上最重大的节日是每100年举办一次的艾卡达萨鲁德拉祭典（Eka Dasa Rudra），供奉贡品的时间长达六周，大家都会前去朝圣。1963年正当人们忙于筹备这个百年一次的节日时，阿贡火山发生了大喷发（1350年以来的首次喷发）。所幸的是熔岩流在庙宇的围墙前就停了下来，而从一旁流过，庙宇才得以幸免。不过巴厘岛东部的其他区域还是遭到严重摧毁，很多人因此殒命。在询问了神的旨意后，人们在1979年重新举行了艾卡达萨鲁德拉祭典。

🏠 克隆孔以北2公里

◎ Kamasam　▶P.127，D9

这里至今仍在进行传统皮影戏绘画的创作；画作对外出售。

🏠 克隆孔以南2公里

◎ 努萨培尼达
Nusa Penida　▶P.127，D10/E11

在Kusamba渔村（驾车从甘地达萨出发约15分钟车程）每天都会有渔船多次驶向努萨培尼达岛。根据风和天气情况乘船需要花费约4小时。小岛贫瘠的石灰岩地表上生长着仙人掌，另外还种植有玉米和椰子。相比巴厘岛，这里的动植物种类与龙目岛更为类似。小岛上的最主要的村庄是Sampalan，最美丽的海滩则是距Sampalan 8公里的Toyapakeh。这个曾经用于关押囚犯的岛屿如今已有超过40 000名居民。岛上仅Sampalan村有住宿处。

在Sampalan和Suana之间坐落着Goa Karangsari石窟。其位于山中，尽管入口很狭窄，洞内却非常宽广；洞窟内的岔道上会有蝙蝠出没；洞窟的出口位于山的另一侧。从Toyapakeh还可乘船前往努萨兰彭坎岛。

艾湄湾
Amed　▶P.125，E/F8

艾湄湾位于巴厘岛的最东边，在阿贡火山和相形之下略小一些的Gunung Seraya山的末端。海岸大道从艾湄湾一直穿过Bunutan、Lipah和Salang，沿途都是壮观的陡峭海岸和捕鱼的海湾。这里本该是生长着仙人掌的黄色草场，如今却建起了很多坐落在美丽花园中的酒店和民宿，颇具浪漫氛围。以艾湄湾为起点的整条海滩都非常适合进行潜水和浮潜。

艾湄湾以北3公里处还坐落着Jemeluk海洋花园——巴厘岛上最美的潜水胜地。这里的海滩沙子呈灰色，游客也不是很多。

宾馆/其他住处
安达艾湄湾度假村
Anda Amed Resort

这个舒适、时尚的度假酒店不紧邻海滩，但是放眼望去的一片蔚蓝可算作弥补。房间布置得很具现代感，并且配有独立的小花园。

🏠 Bunutan；☎ 03 63-2 34 98；Ⓜ www.andaamedresort.com；🛏 8间客房；€€

Hotel Uyah

位于村庄的入口处，设有专属潜水中心的生态宾馆。茅草屋布置得很漂亮，其中一部分紧邻大街。有自己的餐厅和泳池。

🏠 Jemeluk；☎ 03 63-2 34 62；Ⓜ www.hoteluyah.com；🛏 10间客房；€€

Santai Hotel

苏拉威西岛（Sulawesi）风格的秸秆顶小屋，被热带花园环抱，有泳池，提供SPA服务（须在抵达前预订！）。

🏠 Bunutan；☎ 03 63-2 34 78；Ⓜ www.santaibali.com；€€

珊瑚别墅
Villa Coral

位于艾湄湾第一个海湾的末端，宾馆前就是美丽的珊瑚礁。房间简洁干净。设有小咖啡厅。

🏠 Jemeluk；☎ 081-3 38 52 02 43；Ⓜ www.balivillacoral.com；🛏 6间客房；€

餐饮

艾湄湾及周边的所有旅馆都设有小餐厅，供应地道的菜肴。

司法亭（▶ MERIAN小贴士，P.82）四面环水，周边建筑群就像一个公园。这座建筑原本属于已经被毁的Raja宫。

巴厘岛北部

在崎岖的山地中坐落着巴厘岛最大的城市新加拉惹，一座具有中国风情的城市。

布拉坦湖畔风景如画的水神庙（▶ P.90），这座佛教-印度教庙宇供奉着水泽女神达努（Danu）。

相比巴厘岛南部，北部地区的地势较为起伏。以巴杜尔活火山为首的连绵群山主宰着这一区域。这里种植着咖啡、丁香和烟草。从1846年起荷兰人就开始对新加拉惹城进行殖民统治，比南部地区要早60年；1000多年前就已经有中国帆船来到新加拉惹的港口进行贸易，并留下了印记：这里的艺术与南部地区风格迥异，更加专于庙宇建筑以及舞蹈。

新加拉惹/布莱伦
Singaraja/Buleleng

100 000居民　▶P.124, A6/7

新加拉惹是布莱伦行政区的首府。可能由于房屋是荷兰殖民时期风格，或是因为有一条林荫大道，这座巴厘岛第二大城市比登巴萨更惬意、更开放，并且没有那种忙碌的感觉。这座城市的大门向全世界敞开——布莱伦港数百年来一直是重要的国际航运中转站。成吨的咖啡从这里运往欧洲和东方国家，牲畜出口也和从前一样对区域经济有着重要的意义。城市中生活在一起的各种种族及宗教群体同样能体现这座城市的开放性；很多中国人在此定居，此外穆斯林、基督徒和印度教徒都生活在这里。

城市名源于一位常胜的王侯：1604年他在此建造了自己的宫殿并命名为"Singaraja"。

景点
历史图书馆
Gedong Kirtya

图书馆收藏了约3000份古代手稿，其中包括Prasastis这种14世纪文物：这是一种记录了文字的金属板，它和具有1000年历史的Lontar书一样同属于巴厘岛最古老的文字见证。

🏠 Veteran路；🕐 除周日外每天7:00~14:00；💲 约1000卢比

Pura Dalem Singaraja/Buleleng

这座位于新加拉惹北部的庙宇不甚出名，但是值得一游。庙宇位于小丘上，典型的巴厘岛北部庙宇建筑风格。

购物
白天集市和夜市

和巴厘岛很多别的地区一样，这里白天和夜间的集市 ❷ 都值得一去，至于买不买东西倒不重要。

服务
旅游信息
旅游信息服务中心

服务良好，提供布莱伦区相关的详尽信息资料。

🏠 Veteran路23号（Gedong Kirtya图书馆旁）和J.A. Yani路；☎ 03 62-2 19 46

邮局和电话
🏠 Gajah Made路156号

周边走走

◎ 巴杜尔
Batur　▶P.124, C7

从罗威那出发行驶1.5小时后即可抵达巴杜尔湖。在培内洛坎（Penelokan）可以先休息一下，因为它的名字（意为"眺望之地"）就说明了一切：在这里可以将巴杜尔火山（1717米）的火山口尽收眼底。火山的直径达到了12公里，是世界上最大的火山之一。此外巴杜尔还是巴厘岛第二神圣的山脉。

从培内洛坎还能眺望到银蓝色的巴杜尔湖。可将此地作为中午休息的地点，并在湖景餐厅中欣赏令人陶醉的景色。

在湖畔的托亚邦卡和Kedisan村可租用摩托艇，也可在湖上泛舟。湖东边的特鲁扬村也常泊有船只。这个村落过去并不欢迎外乡人，但是村民渐渐发现旅游业能赚钱，苏醒的商业头脑促使他们开始"兜售"自己的葬礼仪式，当然这种丧葬方式不是每个人都能接受的：与巴厘岛上通常采用的土葬或火葬不同，这里的村民（万物有灵论信徒）会将尸体安放在村庄附近的墓地并任其腐烂。墓地无法步行到达，感兴趣的游客可乘船前往。

除此之外还有一项特别的风俗也备受村民珍视：信徒会每年在安放有近四米高的自然神Dewa Ratu Gede Pancering Jagat雕像的庙宇中举行仪式，祈求神灵"降临"。这座雕像是巴厘岛上最大的石雕，相关仪式也是岛上十月中最重大的节庆活动。

想攀登巴杜尔山的话，最好早晨动身，因为到了下午山间很快会云雾缭绕。夜间攀登也别有一番风情：日出时的山脉全景美的将让人念念不忘，绝对能够弥补早起的损失。

计划了这样的行程的话，最好在托亚邦卡过夜，这个村庄设有简易的住所。

即使没受过训练的人在2~3个小时内都可以完成攀登；请准备一双结实的鞋子。最便利的出发点当属Air Panas温泉，在那里可以雇用向导，也可独立进行攀登，但不要独自尝试小路；特别要注意火山口附近喷射出的蒸汽，有一定的危险性。

从巴杜尔湖出发可穿过山脊向Muntigunung村方向行进，沿途的风景美不胜收。瑞士人丹尼尔·埃尔伯在这个村庄设立了慈善机构，致力于保障对巴厘岛北部35个村庄的供水（www.zukunft-fuer-kinder.ch）。

在新加拉惹（▶P.85）很难寻觅到历史的风貌。

🏠 新加拉惹/布莱伦以东55公里

◎ 彭努利桑
Penulisan ▶P.124，C7

　　彭努利桑山（1745米）上的亭考畔寺是巴厘岛上海拔最高的庙宇，拾级而上便可到达。天气晴朗时可以眺望到新加拉惹以及大海。最有趣的还要属庙宇中的宝塔及遍布在周边的11世纪石雕。从巴杜尔湖出发返回时可在Sangsit短暂停留。

🏠 新加拉惹/布莱伦以东40公里

◎ Pura Beji ▶P.124，A6

　　沿主街向安拉普拉方向行进即可抵达这座庙宇。它兴建于15世纪，用于供奉丰收女神Dewi Sri。庙宇中有巫师、魔鬼、蛇以及其他幻兽的雕像，颇具神秘氛围。春季的满月之夜这里会举行盛大的祭典仪式。

🏠 新加拉惹/布莱伦东北方向8千米处

◎ Pura Dalem Jagaraga
▶P.124，A6

　　新加拉惹东距Sangsit不远处坐落着Jagaraga村的这座庙宇，庙宇中的浮雕非常特别：人头鱼尾的飞机、骑自行车的人、还有敞篷汽车——荷兰侵略者对这里的影响可见一斑。上世纪中叶这里曾爆发过与荷兰人的激烈斗争，最后以本地住民的自杀式抗争作结。

🏠 新加拉惹/布莱伦以东12公里

◎ 梅度威卡朗寺 ▶P.124，A6
Pura Meduwe Karang

　　巴厘岛北部最著名的庙宇，坐落在新加拉惹以东海岸边的Kubutambahan村。寺庙中有很多石雕和浮雕，值得一游。

🏠 新加拉惹/布莱伦以东12公里

◎ 耶沙尼温泉 ▶P.124，B6
Yeh Sanih（Air Sanih）

　　这是一处在大海与道路之间的天然泉池，位于新加拉惹以东约20公里处。Air Sanih布满砾石的海滩以及再往东去的区域都相当僻静。在周边地区还可参观传统的海盐制造过程。

🏠 新加拉惹/布莱伦以东16公里

宾馆/其他住处
Alam Anda Dive and SPA Resort

　　酒店坐落在巨大的、被芭蕉树环抱的花园中，环境安逸。配有非常棒的专属潜水中心（Werner Lau潜水中心）和小巧雅致的SPA。餐厅供应传统巴厘菜式。

🏠 Tejakula；☎ 03 61-28 54 84；📶 www.alamanda.de；🛏 29间客房；€€€

Poinciana Resort

　　紧邻海滩、远离尘嚣的小旅馆；房间布置简约，配有泳池和餐厅。

🏠 Tembok；☎ 081-23 85 99 51；📶 www.poincianaresortbali.com；🛏 7间客房；€€

罗威那
Lovina ▶P.123，F2

　　罗威那海滩的西侧毗邻新加拉惹，整条海滩长达5公里。来这里的路上就会有路牌指示紧邻海滩的民宿和Losmen；这些住所都位于这片区域唯一的街道上，因此很容易找到。

　　这块被熔岩染成黑色的海滩在20世纪七八十年代还鲜有人知，嬉皮士和背包客尤其钟

MERIAN小贴士 ⑩

至高天之庙
Brahma Vihara   ▶P.123, F2

这座小乘佛教寺庙位于班嘉（Banjar）——罗威那西南方向Air Panas温泉附近的村落。寺庙建在丘陵上，整体布局以建有莲花池的内院为中心。在寺庙中可以眺望到壮观的大海。可以将这里的游览与温泉之行安排在一起。

爱这里的静谧。如今尽管有一条林荫道将酒店与海滩隔开，但是原先的僻静氛围早已不在了。不过罗威那还是很适合作为巴厘岛北部旅行的出发点；海滩前的珊瑚礁上方海水清澈，也很适合进行浮潜。这一区域目前约有40家旅馆，几乎都临海，价格相比南部也要便宜一些。日落时可以静静看着渔船驶离大海，感受这里的浪漫氛围。岛屿北部的村民几乎都是穆斯林，晚上和清晨从清真寺的尖塔传出的"祷告"声总会将人唤醒。不过巴厘岛风俗在这里倒体现得不明显。

宾馆/其他住处
达玛洛维娜度假村
Damai Lovina Villas

不紧邻海滩，而是位于距海滩3公里的丘陵上。环境非常舒适，花园景色曼妙，而且还是丹麦顶尖大厨佩尔·托斯特森（Per Tostesen）为你料理美味佳肴。泳池能眺望到大海，另外还有两幢塔形建筑用于提供SPA服务。

🏠 Damai路, Kayuputih；☎ 03 62-4 10 08；🌐 www.damai.com；🛏 14幢别墅；€€€€

普里巴古斯度假村
Puri Bagus Villa Resort

位于罗威那以东2公里处的小型度假村。非常安静，别墅采用开敞式布局，部分客房的走廊可直接眺望到大海。配有泳池、餐厅和酒吧。花园中还设有凉亭，下午可在厅中舒适地小憩一番。

🏠 Raya Seririt路；☎ 03 62-2 14 30；🌐 www.puribagus.net；🛏 42间客房；€€€

普利芒哥海景度假村
Puri Mangga Sea View Resort & SPA

位于达玛洛维娜度假村附近，沿山而上花费约10分钟即可抵达。酒店比较朴素，茅草屋布置得很舒适，其中的一些能眺望到罗威那以及大海的壮观景色。店主是德国人。

🏠 Kayuputih；☎ 03 62-7 00 14 11；🌐 www.puri-mangga.de；🛏 6间客房；€€€

Adirama海滩酒店

这家由荷兰人Ruud Van Ginkel开设的宾馆已经有些年头了，不过个性化的服务和临海的位置可算作弥补。房间朴素整洁，设有泳池和小型SPA。

🏠 Kaliasem；☎ 03 62-4 17 59；🌐 www.adiramabeachhotel.com；🛏 20间客房；€€

阿纳卡洛威娜酒店
Aneka Lovina Villas & SPA

这家巴厘岛现代风格的酒店坐落在区域的中心地带，每间客房、每幢别墅都配有阳台或走廊。设有餐厅、酒吧、泳池和SPA。

🏠 Raya Kalibukbuk路；☎ 03 62-4 11 21；🌐 aneka-lovina.com；🛏 59间客房；€€

Amadeus

带有泳池的小型茅草屋建筑

坐落在罗威那西南方丘陵上的小乘佛教庙宇至高天之庙（▶ MERIAN小贴士，P.88）是一块宁静的世外桃源。

群，由奥地利人罗伯特和他的妻子经营；供应奥地利菜肴。
☎ 03 62-4 22 88；🛏4间客房；€

海风别墅
Sea Breeze Cottages

位于海滩林荫道旁的简朴茅草屋，能直接眺望到大海。酒吧和餐厅设在海滩上的竹亭中，菜肴很可口；日落时有乐队现场表演。
🏠 罗威那；☎ 03 62-4 11 38；€

在村庄的西侧还有一些相对简陋的民宿和Losman，价格很便宜。

徒步

在罗威那海滩只能向西边漫步，不过沿途风景优美。途中会路过贝壳加工工房，可以观摩工匠们的工作过程：硕大的海贝会在这里脱去珊瑚灰岩并被打磨光滑。可在这里购买贝壳工艺品，价格比纪念品小店要便宜得多。

如果还想继续漫步的话，可以到班嘉附近的温泉地带看一看，那里可以通过步行到达（距罗威那西侧尽头约5公里）。另外也可步行至小乘佛教庙宇——至高天之庙。这种宗教信仰主要流传于斯里兰卡。先沿海滩前进，在班嘉沿山路抵达寺庙。

景点
与海豚共游

在海滩上和城镇中有大量的旅行社和渔民提供"海豚之旅"：他们会在清晨组织从罗威那驶向大海的航行，可借此机会一睹在自然环境中生活的海豚。另外Melka Excelsior Hotel（🌐 www.melkahotelbali.com）设有海豚治疗学校，可以与那里饲养的四只海豚一起在酒店配备的大型盐水池中游泳。此活动项目非常受全家出游的游客们的欢迎，但是价格很贵。

餐饮

Kakatua

罗威那最好的餐厅；不仅是游客，连当地人都为这里的丰富菜肴所倾倒：供应泰国菜、印度菜及印尼菜。

🏠 Lovina, Binario路；☎ 03 62-4 13 44; ⏰ 每天11:00~23:00; €€

Tropis Bistro & Bar

供应澳大利亚、印尼等国风味的菜肴；另外在罗威那地区提供免费的接送服务。

☎ 03 61-7 01 02 85; €€

购物

罗威那早就不再是什么世外桃源了，现在这里同样是商埠林立，各种常见的旅游商品在这里都有出售；除了纪念品外还售有饮料、药品、书以及清洁用品。在其中的一间店铺还设有邮政代理。

夜生活

在海滩林荫道边有很多提供乐队现场表演的小型Warung。

火山俱乐部
Volcano Club

一定要来的地方！每周两次（⏰ 周三和周六21:00~ 4:00）的迪斯科激情之夜绝对不容错过，在这里热舞至深夜吧！除这两天外平时作为餐厅和酒吧营业。

🏠 Anturan, Raya Lovina路；☎ 03 62-4 12 22; €

Zigiz Bar

当地人及年轻游客很爱光顾的时髦酒吧，在观看乐队现场表演时还能品尝欧洲及印尼风味的小吃。

🏠 Kalibukbuk-Lovina; ☎ 03 62-4 15 37; €

周边走走

◎ 贝都古和布拉坦湖
Bedugul and Lake Bratan
▶ P.124, B7

从罗威那出发向南行驶约45分钟即可抵达贝都古（Bedugul）。村庄位于布拉坦火山湖畔，海拔高达1200米，犹如天堂一般。这里的气候凉爽而多雨，来这里观光时一定要携带毛衣和长裤。

在火山湖西侧的Candikuning村有一家叫Lila Graha的餐厅，从这里可以将布拉坦湖（Bratan）的景色尽收眼底。湖的一角坐落着水神庙，寺庙位于美丽的花园中，在这里供奉着海洋和湖泊女神黛维达努（Dewi Danu）。沿着湖畔散散步肯定非常惬意。

在火山湖的北部建有一块符合国际标准的高尔夫球场：广孜堂高尔夫乡村俱乐部（🌐 www.balihandarakosaido. com）；可在俱乐部就餐。

在湖上可乘坐舢板或摩托艇，此外还可进行滑水。

🏠 罗威那以南25公里

◎ 布扬湖和坦布林根湖
Lake Buyan and Lake Tamblingan
▶ P.124, A7

北部的这两个湖泊都不容错过。最好能乘坐Bemo先抵达通向姆杜克（Munduk）的岔路，再从那里沿布扬湖（Buyan）的上岸步行45分钟，沿途会穿过了无人烟的森林，还能看到蹿来蹿去的猴子；之后沿坦布林根湖（Tamblingan）

清晨小船载着游客去观赏野生海豚。

向姆杜克方向走，到达后可乘Bemo返回。或者也可选择在简朴但是舒适的Puri Lumbung Cottage酒店（☎ 03 62-9 28 10；🕸 www.purilumbung.com；🛏 16间客房；€€）住个一两晚；酒店的花园种有可可、咖啡和丁香，几乎展示了这一带的所有经济植物。Munduk周边的热带山区属于自然保护区。

🏠 罗威那以南20公里

◎ 京打马尼
Kintamani ▶P.124, C7

京打马尼位于火山口的边缘，它是巴厘岛北部地区最重要的集市城镇。不过这里值得一游的不仅是集市，还可以从海岸行驶到山脉途中领略到如画风景，呼吸到清新空气。

🏠 罗威那以东60公里

◎ Sangsit ▶P.124, A6

这个村落与罗威那相距18公里。村中坐落着Pura Beji庙，其兴建于15世纪，用于供奉丰收女神Dewi Sri。这座庙宇很能体现巴厘岛北部寺庙建筑的风格：与南部相比北部的庙宇采用对称式布局，浮雕更加纷繁多样，装饰华丽而繁复，使用Gedong（封闭式建筑）替代Meru（多层的神龛）作为神明的栖居所；另外还有幻兽和魔鬼把守大门。

数百年来中国文化也对北部的庙宇产生了影响，这从寺庙的装饰就可见一斑。雕像的造型独特，极富表现力。

在四月或五月的满月之夜可在Sangsit观看到Bungkakak仪式。村中的男性会将一头猪放在竹笼中从寺庙抬出，扛着笼子奔跑并登上丘陵，最后再返回庙宇。之后人们会排成长队前往村外的一处温泉。

🏠 罗威那东北方向18公里

巴厘岛西部

西部坐落着巴厘岛上唯一的国家公园，在这里能观赏到猴子、犀牛以及稀有的鸟类。

和以前一样，游客还是对人烟稀少的巴厘岛西部没什么了解，但是这里的风景依然迷人。

巴厘岛的西部是珍巴拉纳（Jembrana）县、区域首府内加拉以及规模宏大的国家公园，占据的范围很大，不过却是岛上人口最稀少的地区；这里的旅游资源几乎没有被开发过。

近些年这一地区只在北部的佩母德兰建起了基础旅游设施。海岸公路从登巴萨一直蜿蜒至吉利马努克（Gilimanuk），途中风光秀丽，稻田和草原交错映入眼帘。有时候道路会直接沿着大海延伸。不过千万不要在这里游泳，因为非常危险！

从登巴萨向吉利马努克方向行驶约90公里即可到达内加拉；在路途的后三分之一段建议绕道去山区中看一看。如果想体验一下国家公园以及人迹罕至的美丽海滩的话，可以考虑专程来这片区域观光一番。

内加拉
Negara
▶P.122, C3

内加拉是巴厘岛西部唯一一个还算有点规模的城市。想探索一下巴厘岛西部地区的话，这里是个不错的出发点。这是一座典型的巴厘岛小城：摩托车声轰鸣，街边分布着小店和Warung，还设有集市。

每年稻谷收获后内加拉都会举行难得一见的"奔牛赛"，非常刺激；届时城中会相当热闹。

景点
奔牛赛

每年的七月和十月间，每隔一星期的周四下午都会在内加拉附近的Perancak举行这项活动。被选中参赛的水牛可以免除每日的田间劳作——为了在比赛的那天能有好的表现，人们会给它们准备充裕的饲料，并给予悉心照料。比赛那天两头经过精心装扮的水牛会拖着小车参赛；"骑手"们在2公里的赛程中一直待在小车上，并用力拉扯牛尾控制水牛的奔跑方向。这项活动不只是单纯的公众娱乐，也是为了和神明交流，祈求他们保佑来年丰收。活动的日程安排可咨询登巴萨的巴厘岛旅游局，或从酒店获取。

周边走走

◎ 巴杜卡鲁山
Gunung Batukaru

海拔2271米的巴杜卡鲁山是巴厘岛上第二高峰。在南侧的山坡上坐落着重要的印度教庙宇——Luhur Watukaru（也称做巴杜卡鲁寺）；静居日后会有数以千计的信徒来这里参加仪式。这座山脉的名气不及阿贡火山的一半，不过还是可以顺着几条老路线跋涉一番。在山腰上可以观赏有数百年历史的梯田。这里有两个不错的寄宿处可作为大本营或者返回时的落脚点：一间是Bali Mountain Retreat（☎ 03 61-7 89 75 53；🖰 www.balimountainretreat.com；€€），主要采用回收的材料建成，美妙的花园中生长着咖啡、可可、香草和肉桂，另外每月还会举办传统音乐之夜；沿山而上100米处还坐落着Sarinbuan Eco-Lodge（◎ ecolodgebali@yahoo.com；🖰 www.baliecolodge.com；€€€），小型的餐厅视野极佳，烹饪用的食材全都取自自有的生态花园。

◎ 梅德威海滩
Medewi Beach   ▶P.123，D3

大致位于从内加拉到海神庙的路途中央。这块细沙海滩有非常棒的海浪可供冲浪者们挑战，不过在这里游泳还是比较危险。

宾馆/其他住处

Taksu度假村

这个小型度假村就坐落在从海神庙到内加拉途中的人迹罕至的海滩上。酒店拥有一个美丽的热带花园，配有泳池和餐厅。所有茅草屋均有两个卧室。

🏠 Surabrata；☎ 03 61-76 45 70；
🌐 www.taksu-resort-bali.com；🛏 30间客房；€€€

◎ 西巴厘岛国家公园
Taman Nasional Bali Barat
▶P.122，C2

这座占地8万公顷的热带雨林公园建于1983年，园中饲养着猴子、犀鸟、豪猪、野猪、鹿以及稀有的鸟类。整个区域都算得上是巴厘岛最美的地带。连绵的丘陵从东部一直延伸至西部的边沿——吉利马努克以北Gunung Prapat Agung山旁的岬角。环绕着半岛有一条漫步道，需要花费约10小时才能走完（一定要带好水和干粮！）。另外鹿岛也属于国家公园。入园需要许可证，可到Cekik的森林自然保护理事会（PPHA）（☎ 03 65-6 10 60；🕐 周一~周四8:00~14:00，周五8:00~11:00，周六8:00~12:30）或登巴萨的PPHA办理（🏠 Suwung路40号；☎ 03 65-6 10 60）。

到公园观光的话可选择在Waka Shorea生态酒店（☎ 03 61-48 40 85；www.wakaexperience.com；€€€）入住。酒店很隐蔽，12座茅草屋及1幢别墅都靠海边，前面就是潜水胜地鹿岛。

🏠 内加拉以北35公里；☎ 03 62-8 28 36 14 45；🌐 www.wakashorea.com；$ 130美元起

◎ Tanjung Pengambengan
▶P.122，C3

行驶约10公理后即可到达海边，进入Tanjung Pengambengan这个巴厘岛上最大的渔港。渔业是巴厘岛最重要的收入来源，捕获的海产都会在这里的工厂进行加工。港口外还坐落着一块美丽的海滩。

🏠 内加拉以南10公里

佩母德兰
Pemuteran   ▶P.122，C1

位于北侧海岸西角的佩母德兰是一个不起眼的渔村。村中建有港口，船只会从这里出发驶向爪哇。海滩的沙子呈黑色，但是海滩前的珊瑚礁构成了梦幻的珊瑚园，五颜六色的鱼群在其中穿行。在热带花园中建有几家酒店。这里吸引着想逃离喧嚣、追求安逸以及想接触传统巴厘生活方式的游客。很多酒店都安排有丰富的观光行程，包括前往国家公园和巴厘岛最美的潜水胜地鹿岛。

此外这里还在欧洲的资助下建立了一个环保项目机构，旨在重建珊瑚礁，通过与注重自然的和谐来对整体环境产生积极影响。

宾馆/其他住处

Matahari海滨度假村

这里在潜水爱好者之间风传甚广，因为这是唯一一家提供直达潜水天堂鹿岛的行程的酒店（该岛屿原本属于国家公园）。法国大厨Jany-Michel Fourré会为你烹制精致的菜肴。设有SPA和泳池。

🏠 佩母德兰；☎ 03 62-9 23 12；🌐 www.matahari-beach-resort.com；€€€

塔曼纱丽别墅度假酒店
Taman Sari Bali Cottages

酒店坐落于小小的海湾边，与自然景观完美融合。环境绝对安静，设有泳池，海滩餐厅供应泰国和印尼风味菜肴。

🏠 佩母德兰；☎ 03 61-26 12 40；🌐 www.balitamansari.com；🛏 21座茅草屋；€€

Taman Selini海滩别墅

非常漂亮的茅草屋，在靠海的走廊上设有坐卧两用长椅。餐厅中供应印尼等各国风味的菜肴。在宽阔的泳池里可直接眺望到火山。

🏠 佩母德兰；☎ 03 62-9 34 49；🌐 tamanselini.com；€€

周边走走

◎鹿岛
Pulau Menjangan

▶P.122, B1

沿通往吉利马努克的道路西行约40公里便可到达这处巴厘岛上最棒的潜水和浮潜点。由于远离主流旅游路线，所以目前知道这里的人还不多。岛上目前没有可供过夜的住所。

孩子们自动开始接触传统文化，这样巴厘岛的独有文化才得以在现代化浪潮的冲击下保留下来。

来这里观光的话最好从罗威那或佩母德兰的酒店出发。

🏠 佩母德兰以西40公里

◎ Pura Pulaki

从罗威那向西行的途中会路过这座国庙。传说这里印度教大祭司Nirartha和他的女儿Ida Ayu Swabhawa就降临在这里，来拜访岛屿的统治者Dewa Agung。Dewa Agung很快就爱上了美丽的少女，但是少女是婆罗门阶级祭司，不能成婚，于是她和父亲一起逃往了Pulaki。由于害怕君王动怒，Nirartha作法把Pulaki的所有民众都变成了隐身状态。现在巴厘人仍然相信这些隐身的民众的存在，并认为他们正充当Melanting女神的随从。

🏠 佩母德兰以东5公里

徒步与郊游

兴趣点和钱包厚度都不是问题：驾车、乘船、步行——在万千风情的巴厘岛上每个人都能展开精彩而又丰富的旅程。

在巴厘岛观光时常能看到极具艺术感的梯田，这些肥沃的梯田布满了整个岛屿的南部，堪称岛上人民最伟大的艺术杰作。

前往南部的庙宇圣地——穿越内陆地区

特色：可鸟瞰岛屿全景的驾车旅行结合徒步旅行。路线长度：约30公里。时长：约半天行程。途中休息：沿途会经过很多小型Warung。
地图：▶ P.126，B11·A11

岛屿最南端的布基特半岛上坐落着三座庙宇：Pura Ulun Siwi、Pura Pererepan和乌鲁瓦图悬崖庙，它们在仪式方面有着密切的关联。

库塔/萨努尔 ▶ 金巴兰

从库塔或者萨努尔出发，通往机场的道路以及指向努沙杜瓦的路标都位于右手边，沿路一直行驶即可到达金巴兰这个小村庄。Pura Ulun Siwi位于主街乌鲁

乌鲁瓦图悬崖庙（▶ P.62）所处的断崖距印度洋海面的垂直高度为100米。

瓦图路的右侧。这座庙宇兴建于11世纪，是所有苏巴克庙宇中最重要的一座；歉收时节稻农会来这里祈求丰收。这里保存着拥有特殊魔法力量的面具：Rangda、Barong、Jauk等形象的面具象征着善与恶之间永无休止的较量。幸运的话还能遇上这里举行的仪式，戴着面具的舞者们时常陷入忘我的状态。

金巴兰 ▶ 培卡图

离开金巴兰地区肥沃的绿色梯田后会穿过一片贫瘠的丘粉陵地带，这里的石灰岩台地上只生长着草原植被。

穿过Simpangan后就到达了培卡图（Pecatu），Pura Pererepan就位于这里。继续向前行驶可到达乌鲁瓦图悬崖庙，这座庙宇建在海中高高矗立的断崖上，令人叹为观止。尽管从不久前开始寺庙内部不再对游客开放，但是漫步到崖边的途中景色亦非常壮观，所以仍然值得来此一游。注意这里的猴子非常调皮！乌鲁瓦图庙是巴厘岛六大圣庙之一，与之前在半岛上参观的庙宇在仪式方面有着密切关联。这里三面环印度洋，日落时气氛非常浪漫。

前往岛屿西部——欣赏如画的梯田和热闹的城镇

特色：驾车穿越梦幻般的田园景致。路线长度：从登巴萨或库塔出发约160公里（也可采用相反路线）。时长：一天行程。途中休息：沿途随处可见小餐馆和Warung。
地图：▶ P.126，B10

沿从登巴萨通向内加拉的道路行驶，穿过塔巴南抵达Antosari村。在村庄右转朝步步安（Pupuan）方向沿着路况相对较好的道路蜿蜒前行，穿过风景如画的梯田、木薯地和蔬菜园；之后再沿着路向上行至较为凉爽、云雾缭绕的中部火山山脊。在途中有些地方可畅览南边波光粼粼的印度洋以及北部的湖泊。道路右侧就是岛上第二高的山脉——巴杜卡鲁山（2276米）的旖旎风光。岛屿西部地区的梯田可以说比乌布周边的还要美，并且几乎可独自坐拥这里的迷人风光——路上只有零星的车辆，几乎没有别的游客。

在路边无数的村庄中选择一个稍作休息，或者在稻田中漫步时，全村的村民都会对你很感兴趣。这里到处都能见到友善的面容，并且他们都会问同一个问题："Dari mana? Ke mana?"（从哪儿来？到哪里去？）

步步安 ▶ Pengragoan

Antosari以北约30公里处的步步安是此次行程的最高点。在此有两条路线可供选择：向北海岸行驶，到达Pengastulan/Seririt这座热闹的集市城镇；或者左拐沿道路向西行驶，这条

路线刚开始时的海拔一度能达到约800米。这里生长着咖啡、丁香和蔬菜。视线右移即可欣赏到西巴厘岛国家公园的山脉和丛林，峡谷飞云，巨树遮天蔽日，景色酷似中国的水墨画。到达Pengragoan后便又重新回到了从Antosari出发时离开的海滩大道。

Pengragoan ▶ 登巴萨

从Pengragoan出发还要行驶约30公里才能抵达内加拉，那里除了每年举办的"奔牛赛"这一民间活动值得一看之外再无其他特别之处。因此可沿向登巴萨方向的道路返回，在傍晚的余晖下欣赏20公里长的海岸线、绵延的稻田、陡峭的悬崖以及摇曳多姿的椰子树。

登巴萨的艺术中心（▶ P.57）可不要错过。

沿海岸线向东行——步行至阿贡火山山脚

特色：沿海岸线的驾车旅行。路线长度：60公里。时长：2小时。途中休息：沿途随处可见小餐馆和Warung。
地图：▶ P.124, A6-P.125, E8

岛屿北部的公路沿着海岸线向东延伸，靠近巴杜尔火山和阿贡火山的山麓丘陵时景色会愈发荒凉。可选择从新加拉惹/布莱伦出发沿北海岸公路向东行驶；若是穿过京打马尼向北行驶则可选择从Kubutambahan出发。先沿棕榈树荫蔽的道路行驶，将微微泛起的白色海浪甩在身后。在Air Sanih、布基特以及作为出发点的村庄便会遇到在岛屿北部进行观光的游客。这里的海滩上还坐落着最早建立的一批Losmen。

行驶的途中景色会愈发荒芜，让人联想到地中海区域：旱季时被灼晒成黄色的植被，还有仙人掌以及弯弯曲曲的树木。海岸边的高处还放置着一些挖空的树干，用于制盐。

阿贡火山 ▶ 图兰奔

道路时而会经过宽广的浅滩。穿过提加库拉（Tejakula）村后右侧就是高耸的巴杜尔火山和阿贡火山。从眼前的浅滩就可以联想到雨季下大暴雨时水流是如何涌向大海的，在那个时节道路几乎无法通行。继续往前行土地会愈发贫瘠；这里的城镇尘土飞扬，而且比较穷困，但还是不要错过这里无处不在的笑容。

大约行驶50公里后便可到达Cape Muntik/图兰奔。道路右侧是阿贡火山绵延、荒芜且无甚变化的坡地，让人不禁联想起它在1963年的最近一次喷发。

在靠近海滩的位置生长着纤细的椰子树，可惜这里的地表不是沙滩，而是黑色的石灰岩。不过这段海滩的海水非常清澈，非常适合潜水，吸引了四面八方的潜水爱好者。

潜水爱好者们最心仪的就是图兰奔海湾的古老沉船，船上长满了珊瑚、海绵以及其他水生植物；另外浮潜也是个不错的选择。你所需的只是一点点勇气以及良好的身体状况。想在这里多逗留几天的话，可以选择在Mimpi Tulamben Resort（☎ 03 61-70 10 70；✆ 70 10 74；$ 75美元起）的茅草屋别墅（带泳池）下榻。

Kahangkahang ▶ 蒂尔塔冈加

沿路继续向南行驶，穿过树木稀少的草原即可到达西部阿贡火山与岛屿最东部Kahangkahang村后Seraya山之间的鞍形山口。此时映入眼帘的是深浅相间的绿色梯田以及盛开的三角梅，仿佛将人从荒芜的场景突然拉回到了真正的巴厘岛。距此不远处坐落着卡朗阿森的蒂尔塔冈加水宫，在那里可探访圣泉、莲花池以及古老的嬉水池。

从克隆孔到布撒基寺——探访巴厘岛最美的道路

特色：驾车（需要熟练的驾驶技术）结合徒步前往布撒基寺的行程。路线长度：40~50公里（往返）。时长：一天行程。途中休息：沿途随处可见小餐馆和Warung。
地图：▶P.127, D9

布撒基寺是巴厘岛上最神圣、最重要的庙宇；前往庙宇的途中会穿过风景如画的梯田，美妙的景色令瓦尔特•施皮斯和特奥•迈尔（Theo Meier）都赞叹不已。从克隆孔继续西行可到达Paksebali村（道路两侧有伞店和寺庙用品商店），在那里左转后继续行驶。

沿途会经过席德门（Sidemen）村——爬上陡峭的山岬后便可饱览无边的海景。席德门还出产手工编织的布料，其中有一些的设计可谓独具匠心，另外还可参观织布、染色的过程。

邻村Iseh是一个风景如画的小村庄。20世纪30年代画家瓦尔特•施皮斯曾居于此地；每当他寻求宁静时都会回到这里。50年代瑞士画家特奥•迈尔（Theo Meier）也曾在此居住。

席德门 ▶ 布撒基寺

从海岸开始会有一条狭长、时而坑坑洼洼的柏油路穿过竹林、棕榈树林以及绿油油的梯田，途经原始的村落最终到达山区。沿途会有一条河流蜿蜒穿行；道路两旁镶嵌着美丽的庙宇——可以说这是巴厘岛最美的道路之一。

沿路穿过Selat和Rendang继续前进便可到达布撒基寺庙区。从停车场到主庙需要走很长一段路，想要参观庙宇的话需要准备好舒适的运动鞋。

Rendang ▶ 克隆孔

返程时建议不要左拐向Selat行驶，而要选择穿过Rendang的路线，途径Nongan、 Saren，最后抵达克隆孔。这条道路也会穿过梯田，景色优美。沿途的丘陵上还有Bukit Jambul花园餐厅，天气晴好时可在那里欣赏梯田与大海的美景。

布撒基寺（▶ P.81）广阔的寺庙区域拥有七层庙台相叠而成的庙宇。

从库塔到海神庙——深受欢迎的海滩徒步漫游

特点：简单的海滩漫步，不过需要具备一定的耐力。路线长度：约20公里。时长：6~8小时。途中休息：途中刚开始会有餐厅，之后可在Kaki Limba（卖食物的小型三轮车）就餐。地图：▶P.126，A10-B10

从库塔/水明漾出发道路一直沿海岸延伸，因此建议一大早就动身，否则晚了会太热。最好选择在略微有些云层的日子出行。沿途只在刚开始的地方有一些餐厅，因此一定要带上足够的水。另外离水明漾越远的地方越适合搜寻鲜见的贝壳和海星。最好不要在这附近的海域游泳。

整条路线只在一个地方需要稍微偏离海滩：由于需要穿过一条河流，所以必须在内陆行走一小段并途经一个村庄。那里的居民非常的乐于助人，很乐意给人指路。如果在路上时你穿着的是泳衣或者短裤，那么建议带上一件T恤和纱笼，

一方面是为了遮阳，另一方面是为了在印尼人面前保持体面。路过第一处建在海边的小型庙宇后，行程便完成了三分之一。可乘坐Bemo返回。

到达海神庙之后，可以在那里欣赏日落。不过你肯定无法独享这里的景色，因为会有成群结队的巴士将游客带往这座位于悬崖峭壁上的壮观庙宇。相传16世纪印度教大祭司尼拉尔达（Danghyang Niraratha）从爪哇来到巴厘岛的途中在此休息并建立了这座庙宇。

除了大量的小型咖啡馆和饮料店外，这里还有奢华的娜湾高尔夫度假村（Nirwana Golf-Luxusresort）。

海神庙（▶P.50），这座"海中陆地上的庙宇"尤以其壮观的日落景致闻名于世。

从罗威那到坦布林根湖——漫步欣赏让人沉醉的美景

特色：乘坐Bemo以及徒步游。路线长度：步行约10公里。时长：3~4小时。途中休息：可在姆杜克（Munduk）就餐。
地图：▶ P.123，F2·P.124，A7

可从罗威那或者新加拉惹出发。在新加拉惹可乘坐Bemo沿主街向南行，约20公里后道路会出现通向姆杜克的岔路，在此处下车，之后徒步行进。

坦布林根湖▶姆杜克

道路会沿山而上先到达布扬湖的火山口边缘，然后再抵达坦布林根湖。这条几乎无法行车的道路会穿过一片稀疏的森林，途中会经过一些小村庄。这附近常会遇到友善热心的村民，可以同他们交流，基本上不会迷路。

途中时不时还会碰到上蹿下跳的猴子。另外还可欣赏到各种自然美景：美丽的湖泊，以及对面蔚为壮观的山峦。

沿路穿过种满咖啡和丁香的田地到达姆杜克。荷兰人在此处建有度假屋，用于躲避新加拉惹的炎热和享受这里的温润气候。

姆杜克▶新加拉惹

从这里乘坐开往新加拉惹的Bemo。建议与出发时搭乘车辆的司机商定好几小时后在姆杜克见面，并乘他的车返回新加拉惹。

布扬湖（▶ P.90）周边的火山景区没怎么被开发过，在这里可以享受真正原始自然美景。

努萨兰彭坎——乘船游览红树林岛

特色：乘船游。时长：1~2小时（根据所乘的交通工具而定）。途中休息：岛上有很多选择。如深受背包客欢迎的Johnny's Losmen（**$** 标准间35 000卢比）；刚经翻新后的干净清新的Main Ski Inn（☎ 03 61-2 44 87；**$** 标准间100 000卢比），这家餐馆提供老式巴厘风味的菜肴。
地图：▶ P.126，B10-P.127，D10

努萨兰彭坎又称蓝梦岛，这座小岛位于萨努尔和努萨培尼达岛之间。可从萨努尔乘坐机动船前往，需要航行约3个小时，出发前要先跟船主谈好价格。乘坐普通客轮的话，由于潮汐原因需要在岛上过夜（Nusa Lembongan Bungalows酒店，☎03 61-75 30 71，75 30 75；€）。从萨努尔沙滩北端的Ananda Hotel酒店门前出发，驶向Jungutbatu村，可乘坐伯诺阿港口与努萨兰彭坎之间的快艇，单程15美元起（🌐 www.balibountycruises.com）。另外也可在旅行社参加乘坐世界最古老帆船的一日游，共需花费85美元（包括酒店接送、餐饮、浮潜以及乘坐玻璃底船观看珊瑚礁之行）。

这座一半荒芜、一半生长着红树林的小岛上生活着约10 000居民。在这里能远眺到东巴厘岛全景风光和阿贡山的宏

可乘船游览努萨兰彭坎红树林岛上的蘑菇海湾（Mushroom Bay）。

伟雄姿。Jungutbatu村停泊着很多船只，村庄位于美丽的海湾中并拥有一块迷人的白色海滩，这里远离旅游人群，环境幽静。在这座岛上不仅能享受到未经破坏的自然美景，还能体验到当地村庄的风俗民情。这片红树林岛上还有一个美丽的小海湾——蘑菇海湾，其名源自近海的蘑菇珊瑚。从兰彭坎（Lembongan）出发半小时便可抵达Jungutbatu村。近几年这座小岛已经发展成了一个真正的冲浪、浮潜和潜水天堂。所需的装备可在Losmen或一些船主处租到，也可以前往World Diving（🏠 Jungutbatu海滩的Pondok Barunai；☎08 12-3 90 06 86）和Bali Diving Academy在岛上设的潜水点（☎03 61-27 02 52）。旱季是冲浪的最佳季节，Shipwreck，Lacerations和Playground冲浪点集中在岛的西岸，靠近Jungutbatu村，不过这里不适合初学者，即便你是潜水专家，也是相当危险的。另外还可参观一下Rumah Gua（地下屋）——是一位当地老人为自己挖出的地下住所，非常具有当地特色，值得一观。

巴厘岛指南

巴厘岛出行实用信息，涵盖近期汇率、餐饮用语、大事件年表、简易语言指南、旅行须知以及其他有用的信息。

香气浓郁的鸡蛋花在岛上被尊崇为庙宇之花，常用于各种仪式和节日。鸡蛋花树也被称为庙宇之树，在岛屿各处都有生长。

历史

公元前1500年

亚洲大陆的南岛语系移民来到巴厘岛。建筑和陶器艺术诞生。

公元前1000-公元前500年

出现复杂的稻田灌溉系统。开始加工青铜和饲养家畜。

公元元年-公元700年

商人将印度文明带入岛屿，印度教开始流传。之后佛教也传入岛屿。巴厘岛原住民的万物有灵教义与印度教融合。之后巴厘王国建立。

公元822年起

出现最早的古巴厘语文字记录。

公元989年

已知的最近期的古巴厘语文字记录。著名的君主伍达亚那（Udayana）迎娶东爪哇公主。

公元995年

出现最早的古爪哇语文字记录；巴厘岛受到爪哇文明影响。

1019年起

巴厘王国王子艾雅蓝加（Erlangga）开始统治巴厘岛。他迎娶了一位爪哇公主并成为东爪哇国王。印度教史诗《罗摩衍那》和《摩诃婆罗多》著成。

1049年

艾雅蓝加返回岛上。之后他最小的弟弟开始统治独立巴厘王国，范围从克隆孔一直到Sangsit。

1100年

伊斯兰教开始影响印尼。

12世纪

爪哇陷入政治混乱，巴厘岛短暂恢复独立。

1292-1520年

爪哇处于满者伯夷王朝统治下。

1400年起

伊斯兰教更深入地影响爪哇，印度教国家随之倒台。满者伯夷最后一任国王的儿子携艺术与精神文化精英迁移至巴厘岛南部并在那里建立了Gelgel王朝，自称Dewa Agung（圣山之神），并将岛屿划分为8个王国。从这个时代起王国的统治者都称作"Rajah"。

1597年

第一批荷兰人这一年在巴厘岛登陆。

16世纪

葡萄牙人和西班牙人发现巴厘岛，英国人和荷兰人紧随其后。

1602年

荷兰东印度公司在西爪哇成立，荷兰人开始涉足香料贸易。

1686年

Gelgel王朝迁都至克隆孔。王侯独立，但是承认Dewa Agung的存在。

1720年

克隆孔法院建立。

18世纪末

巴厘岛南部王侯之间的战争愈发扩大化。

1846年

荷兰人攻陷巴厘岛，经过多次战斗后荷兰人占领了岛屿北部。

1855年起

荷兰人在新加拉惹建立了总督府。

1882年起

荷兰人统治巴厘岛北部地区；南部和中部地区王侯之间相互斗争。

1904年

一艘中国船只搁浅后被巴厘人洗劫一空。这一事件成为荷兰人之后侵略并占领巴厘岛南部的导火索。

1906年

巴东和塔巴南的皇室采取自杀性斗争（Puputan）政策，王侯决意与追随者们一起光荣奋战致死，拒绝投降。

1908年

克隆孔的自杀性斗争。

1913年起

巴厘岛被殖民统治，王侯失去权力。

1930年起

欧美艺术家来到巴厘岛，来研究巴厘人的艺术与传统生活方式，其中有鲁道夫·博内特、瓦尔特·施皮斯、米格尔·考瓦路比亚（Miguel Covarrubias）。

1942-1945年

日本占领巴厘岛。

1945年8月17日

艾哈迈德·苏加诺（Achmed Sukarno）宣布印尼独立。荷兰人占领巴厘岛大片地区。30年的独立战争宣告结束。

1946年11月20日

马加（Marga）之战（巴厘岛中部）爆发，艾·古斯帝努拉雷（I Gusti ngurah Rai）及其属下战死。

1949年12月27日

海牙会议召开，荷兰人放弃对印尼的统治权。苏加诺（Sukarno）正式就任总统。

1950年

临时宪法颁布。

1955年

第一次自由选举，苏加诺当选民主合法总统。

1959年

登巴萨取代新加拉惹成为巴厘岛首府。

1965年

爪哇政治动荡。

1966年起

苏哈托将军接管政权，在专业集团党（Golkar）和军队的协助下统治印尼。

1998年

印尼国内发生政治动乱，苏哈托下台。经济危机发生。

2002年

10月12日两家迪斯科舞厅前发生炸弹爆炸事件，穆斯林恐怖分子发动的袭击导致202人丧生。

2009年

2004年当选总统的苏西洛·班邦·尤多约诺在换届选举中获压倒性多数选票，连任5年。民主党成为议会中最强大的政党。

印尼语常用词汇

欢迎 – selamat datang

早上好（到10:00左右）– selamat pagi

你好（10:00~15:00）– selamat siang

你好（15:00到日落）– selamat sore

晚上好 – selamat malam

晚安 – selamat tidur

我想回家 – Saya mau pulang

再见（向留下来的人表示）– selmat tinggal

再见，路上小心（向离开的人表示）– selamat jalan

一会儿见 – sampai bertamu lagi/sampai jumpa

请 – silahkan

谢谢 – terima kasih

不客气 – sama sama

是 – ya

不，不是 – tidak

不（与名词或代词连用表否定）– bukan

请进来吧 – Silahkan masuk

请坐 – Silahkan duduk

最近怎么样？– Apa kabar?

好 – baik

你想喝茶（咖啡，可乐）吗？– Ibu (pak) mau minum teh (kopi, Cola)?

不好意思，（我）可以抽烟吗（问些问题吗）？– Permisi,boleh rokok (bertanja)?

请把……拿过来（给我）– Tolong dibawakan (saya)

劳驾 – maaf

对不起 – ma af

我不知道 – Saya tidak tahu

我不会说印尼语 – Saya tidak bicara Bahasa Indonesia

我不懂 – Saya tidak mengerti

请慢点说 – Tolong bicara pelan-pelan

这是什么？– Apa ini?

谁 – siapa

哪里，从哪儿 – di mana

哪里，去哪儿 – ke mana

什么时候 – kapan

怎么 – bagaimana

几点了？– Jam berapa?

多长时间（多少个小时）？– Berapa jam?

为什么 – kanepa

多少 – berapa

哪个 – yang mana

哪个人 – siapa yang mana

出行

哪里能叫到出租车？– Di mana ada taksi?

坐出租车去……要多少钱？– Berapa harganya taksi ke...?

请慢点开 – Tolong pergi pelan

公车站在哪里？– Di mana setasiun bis?

在哪儿买票？– Di mana bisa beli karcis?

从这里到……要花多长时间？Berapa lama dari sini ke...?

公交车能直达……吗？– Bis ini pergi langsung ke...?

要转车吗？– Apakah saya harus pindah?

银行和兑换

哪里能换钱？– Di mana boleh tukar?

能兑换旅行支票吗？– Apa bisa tukar travel check?

有零钱吗？– Ada uang kecil?

欧元的汇率是多少？– Berapa milai Euro?

请给我整钱 – Tolong beri uang besar

购物

营业 – buka

关门 – tutup

多少钱？– Berapa ini/berapa harga(nya)?

这是什么？– Apa ini?

有明信片（邮票，纱笼，书，胶卷）吗？– Ada cartu pos (perangko, sarong, buku, filem)?

我想买…… – Mau beli...

能打折吗？– Boleh kurang?

太贵了 – Terlalu mahal

哪里有……（冷饮）？– Di mana...(minum dingin)?

哪儿能买到……？– Di mana membeli...?

住宿

哪里能找到便宜的宾馆？– Di mana ada losmen (wisma, homestay) murah?

有空房吗？– Ada Kamar?

是的，我们没有 – Ya, ada tidak ada

这个房间多少钱？– Berapa harga kamar?

含早餐么？– Apa dapat makan pagi?

含税和小费吗？– Apa sudah termasuk pajak dan servis?

有浴室吗？– Ada kamar mandi?

有热水吗？– Ada air panas?

可以先看看房间吗？– Saya mau lihat kamarnya dulu, boleh?

餐饮

请给我菜单 – Tolong dibawakan daftar-makanan

我想就餐（喝点东西）– Saya mau makan(minum)

我不要……（不要水）– Tidak mau...(bukan air)

很辣么？– Apa itu pedas sekali?

请再（给我）拿杯冷水（啤酒）– Tolong (dibawakan) air (bir) dingin lagi

请不要加冰（糖，水）– Tolong tanpa es (gula, air)

再点些什么吗？– Ibu (pak), mau lagi?

不用了，够吃了 – Tidak, cukup

我吃饱了 – Sudah selasai

东西非常好吃 – Makanan enak sekali

请（帮我）结账 – Tolong (dibawakan) nota

数字

1 – satu
2 – dua
3 – tiga
4 – empat
5 – lima
6 – enam
7 – tujuh
8 – delapan
9 – sembilan
10 – sepuluh
11 – sebelas
12 – dua belas
20 – dua puluh
21 – dua puluh satu
30 – tiga puluh
100 – seratus
121 – seratus dua puluh satu

餐饮词汇

餐饮用语 ▶ P.111

A

acar – 沙拉
air es – 冰水
air jeruk – 橙汁
air jeruk lenggis – 柠檬汁
air kelapa – 椰奶
air putih – 饮用水
arak – 米酿烧酒
are jaja – 米糕
ayam – 鸡
ayam goreng – 炸鸡
ayam kari – 咖喱鸡
ayam opor – 椰奶炖鸡
ayam panggang setan – 辣味烤鸡

B

Babi – 猪
-babi asam manis – 酸甜汁猪肉
-babi guling – 烤乳猪
bakmie – 面条（mie）
bebek – 鸭子
bebek betutu – 经过特殊调味的烤鸭
bir – 啤酒
blimbing – 杨桃
botol – 瓶
brem – 米酒
buah buahan – 水果沙拉或水果
bubur – 米饭
bubur ketan hitam – 椰奶黑米布丁
bubur nasi – 米粥

C

cabe – 辣味香肠披萨（peperoni）
cangkir – （茶）杯
cendok – 勺子
cap cai – 炸蔬菜
coklat – 巧克力或可可
cumi cumi – 墨鱼

D

daging – 肉
dingin – 凉的
daging sapi – 牛肉

durian – 榴莲（有尖刺外壳的黄色水果，气味很重）

E/G

es – 冰
es kelapa muda – 椰青汁
eskrim – 冰激凌
gado gado – 蔬菜冷盘配花生酱
garam – 盐
garpu – 叉子
gelas – 玻璃杯
guiai kambling – 羊肉咖喱

I/J

ikan – 鱼
ikan danan – 淡水鱼（稻田间捕获）
ikan bakar – 烤鱼
ikan goreng – 炸鱼
ikan kering – 鱼干
ikan laut – 海鱼
jahe – 姜
jambu – 番石榴
jeruk asam – 柠檬
jeruk bali – 葡萄柚
jeruk manis – 甜橙

K/L

kacang – 花生
kambing – 山羊肉
kecap – 酱油
keju – 奶酪
kelapa – 椰子
kentang – 土豆
kentang goreng – 炸土豆
kepiting rebus – 煮蟹
kerang rebus – 煮贝
klappertart – 椰子蛋糕
kodok – 蛙
kopi manis – 加糖的黑咖啡
kopi pahit；kopi tanpa gula – 黑咖啡
kopi susu manis – 加糖加奶的咖啡
krupuk – 虾片，将虾肉泥或搀了虾肉的面团油炸制成

kue – 蛋糕，饼干

lassie – 混合了水果的酸奶饮料

lombok – 辣椒

lontong – 用芭蕉叶裹起来的糯米糕

lumpia goreng – 炸春卷

M

madu – 蜂蜜

mangga – 芒果

manggis – 山竹

marrabak – 阿拉伯煎饼，咸味或甜味

mentega – 黄油

menue – 菜单

merica – 胡椒

mie – 面条

mie basko – 带肉丸的面条汤

mie goreng – 炒面，和炒饭烹制方法类似，常配有虾肉

N/O

nanas – 凤梨

nasi – 米饭

nasi campur – 什锦饭

nasi goreng – 炒饭，配有蔬菜、鱼或肉

nasi liwet – 白饭配椰浆炖鸡

nasi putih – 白饭

nasi tumpeng – 非常奢华的米饭料理，只在节日或祭典仪式时烹制

opor ayam – 椰奶炖鸡

P/R

panas – 热的

papaya – 木瓜

pisang – 香蕉

pisang goreng – 烤香蕉

pisau – 水

rambutan – 红毛丹（红色水果，很甜，汁水丰富）

rekening – 账单

rendang padang – 非常辣的牛肉

roti – 面包

S

salak – 蛇皮果

sambal – 辣椒酱

sapi – 牛肉

sate – 木炭烘烤的烤串

sate ayam – 鸡肉串

sate babi – 猪肉串

sate campur – 什锦烤串

sate ikan – 鱼肉串

sate kambing – 山羊肉串

sate sapi – 牛肉串

saus – 酱汁

sayur – 蔬菜

sayur goreng campur – 烤杂菜

semangka – 西瓜

sop – 水（加食材）煮的汤

sop buntut – 牛尾汤

soto – 加入了椰肉的浓汤

sotoayam – 鸡汤

soto madura – 牛肚汤

susis – 香肠

susu – 牛奶

T

tahu – 豆腐

tauge – 黄豆芽

teh – 茶

tehbotol – 加糖的凉茶（按杯卖）

teh hitam – 红茶

teh jahe – 姜茶

teh melati – 茉莉花茶

telor – 鸡蛋

telor dadar bumbu – 经过调味的蛋卷

telor kopyok – 炒蛋

telor mata sapi – 荷包蛋

telor rebus – 煮蛋

tempe – 发酵豆饼

timun – 黄瓜

tiram – 牡蛎

tomat – 番茄

tuak – 棕榈酒

tumis kangkung – 炒菠菜

U/W

udang – 虾

udang goreng – 炸虾

ular – 蛇

wajan – 中式铁锅

出行实用信息

概况

人口：300万

面积：5600平方公里，南北相距95公里，东西相距145公里

最高峰：阿贡火山（3142米）

行政管理：巴厘岛是印尼群岛的27个省份之一

宗教信仰：近95%的巴厘人信仰印度教，其余为穆斯林或基督徒。

如何前往

乘飞机

有很多国际航班都飞往登巴萨的努拉雷（Ngurah Rai）机场；乘坐印尼鹰航（Garuda）的国内航班也很便利。根据中转的次数飞行时间会有比较大的差异，因此建议先做一番比较再行决定。

乘巴士

可在雅加达乘坐开往巴厘岛的特快巴士。巴士需要先经轮渡到达岛屿西部的吉马努克，然后再继续驶向登巴萨。包含轮渡总共需要花费约30小时。在巴士中转站可乘坐小巴去往别处。

从机场到度假地

大宾馆的住客或随团游客可享受接机服务。在机场出口前的一个窗口可以订出租车，在窗口付费后将凭据交给出租车司机即可；出租车的价格都是固定的。

离开

从登巴萨乘飞机离开时需要缴纳150 000卢比的机场税；在返回航班起飞的72小时前需要确认机票。

旅游资讯

印尼旅游局

Indonesisches Fremdenverkehrsamt

🏠 广州市环市东路广州世贸中心大厦南塔2412室，邮编：510095；☎ 0 20-87 78 81 39；📠 0 20-87 60 78 95

实用网址

www.bali.com
官方旅游网站

www.balidiscovery.com
（综合信息）

www.bali-online.com
（巴厘岛综合信息）

www.baliforyou.com
（综合信息）

www.balieats.com
（饭店一览）

www.baliresorts.com

www.bali-paradise.com
（酒店预订）

居民

巴厘岛上有300万居民，人口密度为485人每平方千米，其中95%的居民信奉印度教。印尼是一个人口过密国家，居民集中在爪哇和巴厘岛。和印度的印度教教义相似，在巴厘岛

同样存在等级制度，从一个人姓名前的封号便可看出他处于哪一个阶级，因此姓名有很大的意义。最上层阶级是婆罗门祭司，相应的男性封号为Ida Bagus，女性封号为Ida Ayu。祭司之下是Satria，即贵族阶级，他们的男性封号是Anak Agung、Ratu、Cokorde，女性封号是Anak Agung Isti和Dewa Ayu。第三层阶级是Wesias，按照传统一般是商人或武夫，他们的封号是I Gusti、Pregusti，以及I Gusti Ayu。剩下的人均属于最低阶级Sudras，约占巴厘人总数的90%~95%。尽管相比印度这种等级制度在巴厘岛上并不是那么严格地遵循，不过两个不同阶级的人成婚在这里依然是不同寻常的事情。

露营

尽管露营没有被明令禁止，但是也不做推荐：一来岛上太热，二来蛇和其他小动物可能会造成人身安全问题。

领事馆

中国

印度尼西亚共和国大使馆

🏠 北京市朝阳区，东直门外大街4号，邮编：10 06 00；☎ 0 10-65 32 54 89，0 10-65 32 54 86/88；0 10-65 32 53 68，65 32 57 82；🌐 www.indonesianembassy-china.com

印度尼西亚共和国驻广州总领事馆

🏠 广州市流花路120号东方宾馆西座2楼1201-1223室，邮编：51 00 16；☎ 0 20-86 01 87 72，86 01 87 90，86 01 88 50，86 01 88 70；0 20-86 01 87 73，86 01 87 22

雅加达

中华人民共和国大使馆

🏠 Jl. Mega Kuningan No.2, Jakarta Selatan 12950, Indonisia; ☎ 0 21- 5 76 10 39; 🌐 www.id.china-embassy.org

毒品

根据印尼毒品法，发现有人藏匿毒品却不通知警方即已构成违法；非法持有毒品会被判处6~10年的有期徒刑以及罚金；贩卖毒品则会被判处21年有期徒刑乃至终身监禁，理论上甚至可以判处死刑，不过目前尚无先例。

节日

除了有日期浮动的巴厘岛节日外（▶ 节日庆典，P.24），还会有一些印尼的全国性节日，这些节日的日期是固定的：1月1日元旦；4月21日卡蒂尼（Kartini）节（妇女节）；8月17日独立节；10月1日潘查希拉（Pancasila）日（政治，P.111）；10月5日建军节；12月25日圣诞节。

裸体文化

巴厘岛上禁止裸体日光浴。尽管如此，在库塔海滩上还是能看到很多不穿比基尼上衣的女性；这样的行为虽然未被明令禁止，但是会引起巴厘人的围观。2008年印尼还颁布了禁止在某些区域穿着比基尼的法律，不过巴厘岛省长拒绝在岛上执行。

摄影

在庙宇节日上拍照时一定要收敛一些，给人拍摄近照时也是一样；在夜晚举行的庙会中千万不要使用闪光灯，因为巴厘人认为这会驱走神明。彩色胶卷很容易买到，许多地区还提供照片冲洗服务，价格便宜且速度很快，45分钟内就能冲洗好；存储卡或CD上的数字图像也可冲洗。

货币与汇率

印尼的货币单位是印尼卢比（Rp.），1卢比等于100仙（Sen），不过仙（Sen）在日常生活中已经不使用了。巴厘岛上银行很少，更多是在大酒店或私人货币兑换商处进行兑换；在兑换前最好先比较一下汇率。较大的酒店和商户通常接受信用卡。在旅游中心地区会有很多自动货币兑换机，建议兑换旅游支票或美元。银行的营业时间为：周一~周五8:00~12:00，周六8:00~11:00。货币兑换商通常的营业时间是8:00~20:00。

入境时对外汇的携带量未作限制，不过每人携带的印尼货币的价值不得超过233元人民币。1元人民币=1328.14印尼卢比，1印尼卢比=0.0007元人民币，汇率经常变动，以上的仅供参考。

网络

没将电脑带到巴厘岛，或者居住的宾馆没有网络接口时，可以去分布在岛屿各个角落的网络咖啡厅上网。比较好的酒店都会配备无线网络（WiFi）。

服装

建议穿着轻便的棉制衣服，酒店和小型Losmen中都提供快捷且价格公道的洗衣服务。如果需要前往海拔较高的内陆地区的话，不要忘记携带毛衣和结实的鞋子。拜访官方机构时必须遵守着装规定，不宜穿着轻便服装；男性最好穿着衬衫和长裤，女性宜穿着连衣裙或短裙。

医疗

在岛上吃吃喝喝时需要多加小心，防止感染传染病。首先在饮水时只能饮开水，最好在刷牙时也使用开水；不要喝加冰块的饮料。为了预防肝炎，建议不要食用生蔬菜，水果也要削皮后才能食用。

生病时可去当地的诊所或直接找医生求诊；大酒店（萨努尔的凯悦或努沙都瓦的君悦大酒店）中的驻店医师一般能够符合外国游客的要求。

法定医疗保险不受理在这里发生的任何治疗费用，因此在旅行出发前最好购买个人附加险。在罹患重病或严重受伤（特别是对于孩子）的情况下，立即赴澳大利亚或新加坡求医会更加安全。在受到小的擦伤及其他损伤时需要立即进行消毒，因为伤口在热带地区不易痊愈。

除了那些在入境前的6天中刚访问过黄热病蔓延区域的游客外，对其他乘客入境前是否要接种疫苗并无明文规定。不过还是建议注射霍乱、肝炎、小儿麻痹症、破伤风、伤寒以及疟疾的疫苗。

相关信息请见：www.fit-for-travel.de

巴厘岛医院；🏠 水明漾，Laksmana路54XX；☎ 03 61-73 33 01；⏰ 每天24小时营业

紧急电话

救护车

☎ 1 18或2 79 11

火警

☎ 1 13

警察

☎ 通用1 10；库塔地区 75 19 98

政治

根据宪法印尼是中央集权的总统制共和国，立国的理论基础是潘查希拉（五项基本道德准则）：信仰全能且唯一的神；平等文明的人道主义；民族主义与国家独立；社会公平以及基于协商一致原则的民主。

不过这里的民主不同于西方的民主，而是所谓的"被操纵的民主"，权利全部集中于总统个人，独裁、官僚主义、腐败横行。苏哈托将军一直同时占据国家元首、政府首脑及军队最高指挥官几个重要职位，此情形直到1998年5月才告结束。1967年苏哈托利用所谓"左派政变"（这也导致共产党在当地遭到禁止）遭到镇压的契机成为了代总统，并在之后每五年一次的换届选举中多次连任。

上任后的几十年中苏哈托建立起了专制政府，并允诺带领全体印尼人民走向富裕；不过1998年的经济危机波及了印尼，积压了多年的政治不满也随之倾泻而出。1998年5月苏哈托被迫下台。

1999年6月的换届选举中改革派取得了胜利，阿卜杜勒·拉赫曼·瓦希德（Abdulrahman Wahid）当选新任总统。之后政权多次更迭，直到2004年苏西洛·班邦·尤多约诺（Susilo Bambang Yudhoyono）当选总统并就任至今。

巴厘岛是印尼群岛27个省中的一个。

部分消费价格（以当时汇率为准）

1杯咖啡	3.70元人民币
1杯啤酒	7.40元人民币
1杯可乐	4.10元人民币
1杯Lassie饮料	4.60元人民币
1包西方香烟	4.60元人民币
1升汽油	0.90元人民币
乘坐公共交通工具（单程）	1.40元人民币
租车/日	102.15元人民币起

邮政

较大的地区会设有邮局；更常见的则是代行邮局功能的邮政代理机构，其会与商店相连。周一至周四8:00~14:00；周五营业至11:00，周六营业至12:30。

寄往国内的航空件要一周至两周左右才可能送达。另外在邮局中还设有邮局代取窗口，可以以低廉的价格将邮件存在那里，由收件人自行领取。

旅行证件

入境时需要携带有效期至少为六个月的护照。从2004年1月起在印尼入境需要办理签证，费用为25美元，须在入境柜台以现金支付。持有此签证的游客可在印尼逗留最多30天。

旅行须知

想要与巴厘民众热乎起来，最重要的一点就是要面带微笑。千万不要在公众面前与人发生争执或显得很好斗，那会让人觉得你很"丢脸"。另外在公众场合忌讳男女之间的肢体接触；在闲聊或问问题时也不要用手触碰你不认识的巴厘人。另外用手指指着别人也是很忌讳的事情。

巴厘人认为脚不干净，因此把脚放到椅子上是一种很无礼的行为，放到桌子上就更不用说了，而且左手也被认为是不干净的，因此吃饭、打招呼或者够东西的时候只能用右手。在进屋前需要脱掉鞋子或拖鞋。

在经期的女性和受伤后有血迹的人不得踏入庙宇，因为巴厘人认为血是不洁的。探访庙宇时一定要在胯部围一条围巾。绝对不要攀爬寺庙的围墙。在庙宇仪式上最好像当地民众一样坐下或蹲下，因为任何人都不可高出祭司。

旅行气候

巴厘岛的气候很均衡，一年中气温几乎不会波动。低地地区就像热带一样温暖；山中则要凉爽的多，最低气温可达10℃。4~10月间岛屿处于旱季，很少会有降雨；11~3月则是雨季，连绵的阴雨有时会让人很扫兴。尽管空气湿度高达70%~80%，但是岛上的风很清新，因此不会有不适的感觉。最适合旅游的时间是5~10月，这期间（至少7月和8月间）岛上总是游人如潮。

电压

旅游中心地区为220V；内陆的一些小地方为110V，需要使用插座适配器。

通信

区号

中国 ▶ 巴厘岛：00 62
巴厘岛 ▶ 中国：00 86

岛屿南部的统一区号为(0)3 61，北部为(0)3 62，东部为(0)3 63，西部为(0)3 65。不确定的情况下例如可尝试以(0)3 61为区号拨往北部地区。

在一些公话超市可通过直拨电话回国内，不同的公话超市收取的话费价格不同。建议游客购买本地SIM卡打电话，这样较为划算。

小费

当地的餐厅服务员和宾馆工作人员的收入非常微薄，有些餐厅甚至只提供食宿而不发薪水，因此他们一般很乐意接受小费。对于出租车司机和Bemo司机则通常不必支付小费。机场的行李搬运工每搬一件行李须向其支付2000卢比的小费。

环境

巴厘岛上的经济产业以农业为主，没有工业。岛屿的整个西部地区都是受保护的自然公园。较大的国际海运航线都不经过这里，因此周边海域不会出现那些惯于在公海排放污物的油轮，珊瑚礁和海滩都不会因其受到污染。不过巴厘岛的人口非常密集，入岛游客数量也在不断增加。目前岛上没有污水处理设备，污水不经处理就会排入海洋和河流；尽管生态方面暂且还能够应付，但是已经越来越接近自然所能负荷的极限。

在岛上人们通过开采近海的珊瑚礁获取珊瑚。然而旅游业的繁荣发展使得对建筑材料的需求激增，导致"天然防波堤"遭到过度开采；甘地达萨就是一个再清楚不过的负面案例。另外随着酒店业的发展岛屿南部的车流猛增，堵车的现象也越来越频繁。

交通

Bemo和巴士

路上总是有很多巴士、小巴和Bemo，出行非常便利。同时乘坐这些交通工具也是了解这座岛屿的好方法；乘客需要紧挨着坐在一起，这样一来就很方便与当地的民众交流。除了米袋和菜篮外，鸡甚至于猪有时也会被带到车上。

Bemo是一种座位面对窗户设在两侧的小型载重车。这种车没有固定的行车时刻表以及停靠站，可以在路边拦乘，并且随时可以下车。当地有专门的法律规定乘坐Bemo的费用，费率是固定的，但是无法从司机处获知。不想多花钱的话，最好留意一下巴厘人付多少钱，然后准备好相同数额的零钱——不要指望司机会找钱，若向司机询问价格的反而会被索要高价。

巴厘岛各主要地区之间的距离（单位：千米）

	安拉普拉	巴杜尔	贝都古	登巴萨	克隆孔	库塔	内加拉	努沙杜瓦	萨努尔	新加拉惹
安拉普拉	-	90	125	81	39	91	180	105	79	97
巴杜尔	90	-	81	93	51	103	193	127	100	53
贝都古	125	81	-	51	93	61	120	75	59	28
登巴萨	81	93	93	-	42	10	100	24	8	80
克隆孔	39	51	93	42	-	52	142	66	40	105
库塔	91	103	61	10	52	-	110	14	15	90
内加拉	180	193	120	100	142	110	-	124	108	115
努沙杜瓦	105	127	75	24	66	14	124	-	25	104
萨努尔	79	100	59	8	40	15	108	25	-	88
新加拉惹	97	53	28	80	105	90	115	104	88	-

租车

岛上有大量的车辆租赁公司，持有国际驾照即可租用汽车。这里最常见的车型是铃木的吉普车，其每天的租金从约15欧元起。

库塔是私营租赁商竞争最激烈的地方，因此租车费用会相对便宜一些。另外街边到处都能雇到持驾照的司机，可乘他们的车进行短途旅行，费用含汽油费在内约为30欧元。另外需要注意的是，在租赁协议上签字前应先进行试驾，确认车辆的刹车和加速性能没有问题。这里的油价很便宜，汽油价格为每升0.10欧元，而且村庄中还出售桶装汽油。

靠左行驶

巴厘岛上实行的是靠左侧行驶的交通规则。多数道路的路况都不是太好，需要驾驶者专注驾驶并且有较好的反应力。夜间路上没有照明设施。

摩托车

想使用摩托车的话须持有 I 级驾照，并且在驾驶时必须佩戴头盔。租赁费用为每天3.50~5.50欧元。另外需要注意的是租来的摩托车有时候会出故障。

出租车

岛上仅南部地区（库塔、登巴萨、萨努尔和努沙杜瓦）有使用计价器的出租车，起步价为5000卢比，每千米价格为450卢比。除此之外Bemo和小巴也可拦乘。

自行车

在水明漾、勒吉安以及乌布可租到自行车，费用为每天10 000卢比起。

经济

印尼资源富饶，不过仍然是发展中国家。1998年的亚洲金融风暴使整个国家陷入了经济困境。从1998年5月起基本食品的价格翻了三倍，通货膨胀率达到100%，工业产值降低了90%。

巴厘岛最主要的经济产业为旅游业和农业。南部肥沃的土地每年最多可收获三季；海拔较高、气候较为凉爽的北部出产咖啡、烟草和丁香；沿海区域除了渔业外还出产海盐。岛上最贫穷的是土地贫瘠的东北地区。

报纸

在某些宾馆中会有过期很久的德国报纸。《雅加达邮报》每周四会有"巴厘岛旅行指南"专栏。从近乎所有餐厅和酒吧都可获取免费的杂志，里面会附有近期举办的活动的日期表。

时差

这里的时间为北京时间减去1小时。

海关

禁止携带象牙、兽皮、龟甲和蛇皮入境。历史超过50年的物品必须具有出关许可证才能携带出境。

巴厘岛地图

轻轻松松确定方位——网格地图，涵盖所有景点和名胜。

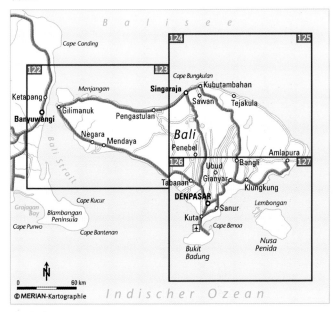

地图图例

徒步与郊游

- ⟶ 前往南部的庙宇圣地（P.98）
- ⟶ 前往岛屿西部（P.99）
- ⟶ 沿海岸线向东行（P.100）
- ⟶ 从克隆孔到布撒基寺（P.101）
- ⟶ 从库塔到海神庙（P.102）
- ⟶ 从罗威那到坦布林根湖（P.103）
- ⟶ 努萨兰彭坎（P.104）

景点

- 🔟 MERIAN十大必看精华景点
- 🔟 MERIAN小贴士
- ☐☐ 名胜，公共建筑物

景点（续）

- ✳ 文化景点
- ✳ 自然景点
- 🏛 博物馆
- ⇧ 印度教庙宇
- ▲ 佛教庙宇
- ∩ 洞穴

交通

- ══ 高速公路
- ══ 快速路
- ── 长途公路
- ┈┈ 主要街道
- ┈┈ 普通公路
- ── 未铺设的道路
- ▦▦ 步行区

交通（续）

- Ⓟ 停车处
- Ⓑ 汽车站
- ✈ 机场

其他

- ℹ 信息咨询处
- ⚱ 纪念碑
- ⚖ 市场
- ⛳ 高尔夫球场
- ☼ 观景处
- ☲ 海滩
- ♨ 温泉
- 🌲 国家公园
- ▱ 国家公园边界

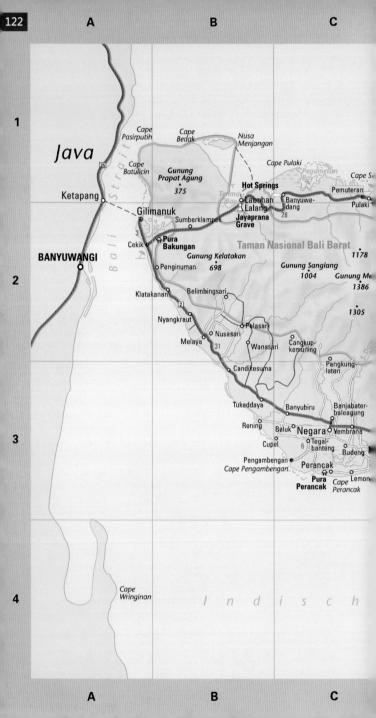

Java

Cape Pasirputih
Cape Bedak
Nusa Menjangan
Cape Pulaki
Pegametan Bay
Cape S

Cape Batulicin
Gunung Prapat Agung
375

Hot Springs
Pemuteran
Pulaki

Ketapang
Teluk Bay
Labuhan Lalang
Banyuwedang
28

Gilimanuk
Sumberklampek
Jayaprana Grave

BANYUWANGI
Cekik
Pura Bakungan

Taman Nasional Bali Barat
1178

Gunung Kelatakan
698

Gunung Sangiang
1004
Gunung Me
1386

Penginuman

Klatakanan
Belimbingsari
1305

Nyangkraut
Nusasari
Pelasari
Cangkup-kemuning

Melaya
Wanasari
Pangkung-laten

Candikesuna

Tukaddaya
Banyubiru
Banjabater-baleagung

Rening
Baluk
Negara
Yembrana

Cupel
Tegal-banteng
Budeng
6

Pengambengan
Cape Pengambengan
Perancak
Lemon

Pura Perancak
Cape Perancak

Cape Wringinan

I n d i s c h

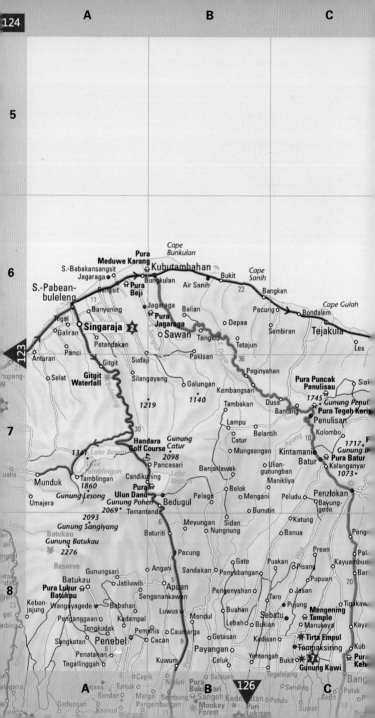

Cape Bunkulan

Pura **Meduwe Karang**
S.-Babakansangsit
Jagaraga
Kubutambahan
Bungkulan
Bukit
Cape Sanih
S.-Pabean-buleleng
Gangsit
Pura **Beji**
Air Sanih
22
Bangkan
Banyuning
Jagaraga
Balian
Pacung
Bondalem
Cape Gulah
Tegal
Pura **Jagaraga**
Singaraja
Depaa
Sembiran
Tejakula
Les
Galiran
Sawan
Tangkid
Petandakan
Tetajun
36
Panci
Gitgit
Sudaji
Pakisan
Anturan
Peginyahan
Selat
Gitgit Waterfall
Silangayang
Galungan
Kembangsari
Pura Puncak **Penulisau**
Siak
1219
1140
Tambakan
Dusa
1745
Gunung Penul
Pura Tegeh Kori
Lampu
Bantang
Penulisan
30
Handara Golf Course
Gunung Catur 2098
Belantih
Catur
Kolombo
10
1717
1341 *Lake Buyan*
Pancasari
Mungsengan
Kintamani
Pura **Batur**
Kalanganyar
Lake Tamblingan
Candikuning
Banjarlawak
Ulian-gunungban
Batur
1073
Munduk
1860
Pura **Ulun Danu**
Lake Bratan
Belok
Manikliya
Gunung Lesong
Gunung Pohen
Bedugul
Pelaga
Mengani
Peludu
Penzlokan
Umajera
2069
Temetanda
Pelaga
Bunutin
Bayung-gede
2093
Meyungan
Sidan
Katung
Peng
Gunung Sangiyang
Baturiti
Nungnung
Banua
Gunung Batukau 2276
Reserve
Pacung
Gate
Puakan
Prean
Pisang
Kayuamba
Pal
Bar
Gunungsari
Angari
Sandakan
Penyabangan
Pupuan
20
Pura Luhur Batukau
Batukau
Jatiluhin
Apuan
Pengenyahan
Jasan
Taro
Pujung
Tigakawan
Kebon-jajung
Wangayagede
Babahan
Senganankawan
Buahan
Sebatu
Manukaya
Mengening Temple
Kaya
Penganggaan
Kadampal
Luwus
Mandul
Lebah
Bukian
Kedisan
★ **Tirta Empul**
Tengkudak
Pemanis
Cacan
Caumarga
Getasan
Tampaksiring
Pura Keh
Penebel
Sangketan
Kuwum
Payangan
Celuk
Yehtengah
7
Pura Keh
Penataran
Bukit
Kub
Tegallinggah
Gunung Kawi
Tegalalang
Bang

5
6
7
8

upang-
uatis
Gunung Batukau
Samuan
Cepik
Tunjuk
Niclati
Pura **Buki**
Sangeh
Kede
Sanding
Petak
Gadungan
Sandan
Marga
Sembung
Monkey Forest
Petulu
Sedit
Wahanan
Kesiyut
Pangemburan
Puri **Lukisan**
Suwat

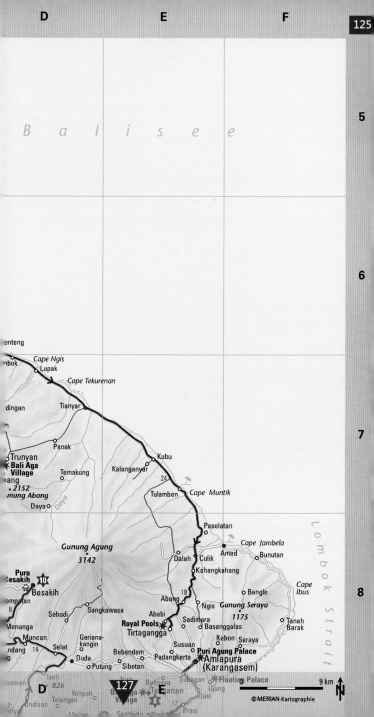

5

6

7

8

B a l i   s e e

Cape Ngis

Lupak

Cape Tekurenan

nbok

enteng

dingan

n

Tianyar

Panek

Trunyan

Bali Aga

Village

ang

2152

unung Abang

Temakung

Daya

Kalanganyar

Kubu

24

Tulamben

Cape Muntik

Paselatan

Cape Jambela

Amed

Bunutan

Dalah

Culik

Kahangkahang

Gunung Agung

3142

Pura

Besakih

10

Besakih

mpatan

8

Abang

18

Ngis

Gunung Seraya

1175

Bangle

Cape

Ibus

L o m b o k   S t r a i t

Menanga

Muncan

Selat

14

Sebudi

Sangkawasa

Geriana-

kangin

Ababi

Royal Pools ★

Tirtagangga

Sadimara

Basanggalas

Tanah

Barak

Seraya

Duda

Putung

Bebandem

Sibetan

Susuan

Padangkerta

Kebon

Puri Agung Palace

Amlapura

(Karangasem)

Floating

Palace

Subagan

★ Floating Palace

seman

Iseh

826

Yehpoh

Telengan

andang

ondisan

D

127

E

Bunuwa

Village

Teanan

Uasi

Prasi

Senakdu

9 km

0

N

© MERIAN-Kartographie

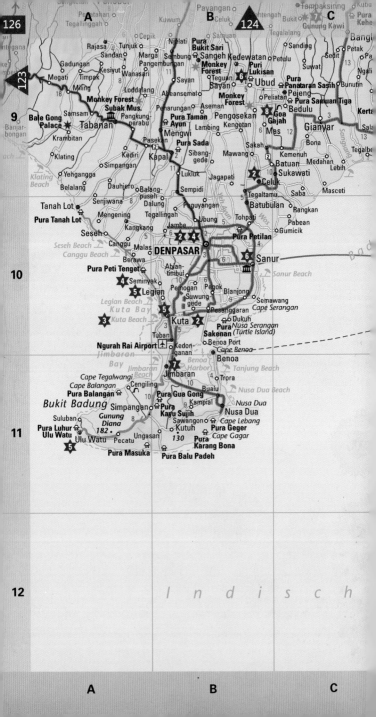

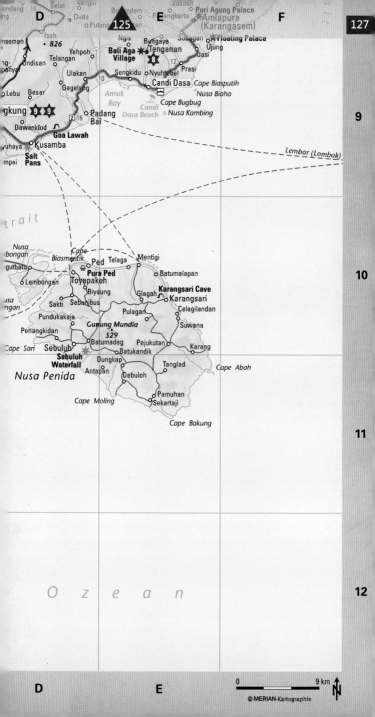

D · E · F

125

9

10

11

12

Puri Agung Palace
★ *Floating Palace*
Amlapura
(Karangasem)

Selat
Duda
Putung
Beangkerta
Subagan
Ujung
Uasi
Prasi
Cape Biasputih
Nusa Biaha
Cape Bugbug
Nusa Kambing

Iseh
· 826
Yehpoh
Telangan
Ngis
Bungaya
Tenganan
Bali Aga Village
★
8
Nyuhtebel
Candi Dasa
Candi
Dasa Beach

Ulakan
Sengkidu
Gegelang
10

Besar
Lebu
Undisan

gkung **9** **9**
Dawanklod
Goa Lawah
Kusamba
uhaya
Salt Pans
mpai

2 16
Padang
Bai

Amuk
Bay

Lembar (Lombok)

trait

Nusa
bongan
Cape
Biasmentik
Ped
Pura Ped
Toyapakeh
Mentigi
Telaga
Batumalapan

utbatu
Lembongan
Biyaung
Glagah
Karangsari Cave
Karangsari
Celagilandan

sa
ngan
Sakti
Sebunibus
Pulagan
Suwana

Pundukakaja
Gunung Mundia
529
Batumadeg
Pejukutan
Karang

Penangkidan
Batukandik

Cape Sari
Sebuluh
Sebuluh Waterfall
Dungkap
Tanglad
Cape Abah

Nusa Penida
Antapan
Debuloh

Cape Moling
Pamuhan
Sekartaji

Cape Bakung

O z e a n

0   9 km

N

© MERIAN-Kartographie

D   E

图字：01-2011-2895 号

著作权声明

图书在版编目（CIP）数据

巴厘岛／（德）格贝尔丁（Gerberding, E.）著；
白健译. —北京：龙门书局，2011.7
（梅里安旅行指南）
ISBN 978-7-5088-3037-7

Ⅰ.①巴… Ⅱ.①格… ②白… Ⅲ.①旅游指南—印
度尼西亚 Ⅳ.①K934.29

中国版本图书馆 CIP 数据核字（2011）第 092704 号

责任编辑：蔡荣海 马丹／责任校对：杨慧芳
责任印刷：新世纪书局 ／封面设计：张竞 彭彭

龍門書局 出版
北京东黄城根北街 16 号
邮政编码：100717
http://www.sciencep.com

中国科学出版集团新世纪书局策划
北京市艺辉印刷有限公司印刷

中国科学出版集团新世纪书局发行 各地新华书店经销

＊

2011 年 7 月第一版 2011 年 7 月第一次印刷
开本：32 开 印张：4
字数：68 000

定价：29.80 元

（如有印装质量问题，我社负责调换）